新文艺 中国现代文学大师读本

郁达夫 自叙小说

高云 编

上海文艺出版社

目 录

序 …………………………… 高 云

银灰色的死 …………………………… 1

沉沦 …………………………… 20

胃病 …………………………… 67

茫茫夜 …………………………… 84

怀乡病者 …………………………… 123

空虚 …………………………… 130

青烟 …………………………… 155

十一月初三 …………………………… 165

序

高 云

郁达夫在回忆自己创作生涯时谈到,《沉沦》在发表前,曾给那时同在日本东京的朋友们阅读,他们看后说:这种东西怎能发表,"中国那里有这一种体裁?"① 不料,以"沉沦"命名的第一本小说集出版后,立即引起文坛的震动,销行两万多册。当然,反对者有之,辱骂者有之,更有来自道德方面的责备。在一段时间里,毁誉褒贬不一。但郁达夫正是以这种中国还没有过的自叙体小说和它的独特的色彩和格调赢得了人们、特别是青年人的称赞。他那强烈的自我表现,浓重的主观抒情色彩

---

① 《五六年来创作生活的回顾——〈过去集〉代序》,《郁达夫文集》第七卷。

和感伤情调,以及郁达夫式的坦率和露骨,使他成为中国现代文学史上不可多得的作家。郁达夫从发表第一篇作品《银灰色的死》开始,就找到了属于他自己的东西——对生活的独特的感受和体验,以及表现这些感受和体验的独特的形式。

本集收郁达夫八篇作品,系作者于1920年至1924年11月写成,虽基本上属于早期作品,但对于郁达夫来说却很重要,均是郁达夫最典型的自叙体小说。《银灰色的死》、《沉沦》和《空虚》皆取材于日本留学生活。《沉沦》和《南迁》作者曾说过"是一类的东西",可"作连续的小说看"。《沉沦》"描写着一个病的青年的心理,也可以说是青年忧郁病 Hypochondria 的解剖,里边也带叙着现代人的苦闷,——便是性的要求与灵肉的冲突"①。《南迁》则"描写一个无为的理想主义者的没落"②。其中伊人与女学生O在海边相遇的一段描写富有诗意,有意境,有气氛。《空虚》(原名《风铃》)的主人公于质夫觉得走到了人生的中道,过去的半生"是一篇败残的历史,回想起来,只有眼泪与悲叹",他一无所获,满怀"空虚",这大概是作者把《风铃》改名为《空虚》的原因吧。作品后半部稍有零乱,失之松散,前半部不乏精

---

①② 《〈沉沦〉自序》。

彩之笔。特别是对于质夫在暴风雨之夜接待来投宿的日本少女时的心理状态，情绪变化以至内心的激烈搏斗写得细致入微。从《茫茫夜》开始，郁达夫把描写的笔触转向国内生活。主人公于质夫在A地教书，由于军阀统治下社会的黑暗，周围人事的复杂，他在枯寂之中陷入性的苦闷并产生性的变态心理，对这一切作家给予细致的描写。这是又一次对于封建道德的抗争与挑战。最后一篇《十一月初三》可以说是一篇典型的情绪小说。作品没有故事和情节，只记叙了主人公"我"在生日这一天里心境、情绪的变化。有许多内心的独白，主人公自说自话，自悼自伤，也夹杂着零星的美的回忆。行文干净，简洁，有韵味。

自叙体小说取材于作家自身的生活，重在表现作家自己的体验和自己的心境。郁达夫曾说过："我觉得'文学作品，都是作家的自叙传'这一句话，是千真万确的。"① 他的理论主张和他的创作实践十分吻合。他早期作品的题材不外乎是留学生的异域生活，小知识分子到处碰壁的处境……这些都与作家自身的生活经历有关。作品中的场景，如富春江边，长江岸头和岛国风光，也都是从作家的生活印象中摄取的。而作品中的主人公，不论是《沉沦》中的"他"，

---

① 《五六年来创作生活的回顾——〈过去集〉代序》，《郁达夫文集》第七卷。

或是《南迁》中的"伊人",或者《茫茫夜》、《空虚》中的"于质夫",《十一月初三》和其他作品中的"我",在一定程度上都是作家郁达夫的自我写照。这是一个正直、有才华的青年,懂得诗文和几国外语,以卖文和教书为生。他孤僻内向,多愁善感,带点神经质,忧郁病时时袭来,经常迷恋于秀丽的山水,陶醉于大自然的怀抱。故国的陆沉,异邦身受的屈辱,生活的艰难,使他宛如失群的孤雁,需要体贴和爱护:"知识我也不要,名誉我也不要,我只要一个能安慰我体贴我的'心'。"(《沉沦》)……他的出身、经历、教养和郁达夫相像。甚至外表衣着,音容笑貌,都与作者本人近似:"清瘦的面貌,和纤长的身体","他穿着一套藤青色的哔叽的大学制服,头发约有一寸多深,因为蓬蓬直立在他那短短的脸面的上头,所以反映出一层忧郁的形容在他面上。"(《南迁》)"穿着一套藤青的哔叽洋服","在一副平正的面上,加上一双比较细小的眼睛和一个粗大的鼻子,就是他的肖像了。"(《茫茫夜》)

不过,自叙小说并不等于作家的自传,这也是郁达夫屡次申明过的。他觉得"作者的生活,应该和作者的艺术紧抱在一块,作品里的 Individuality 是决不能丧失的"[①]。但艺术毕竟是艺术,必然有

[①] 《五六年来创作生活的回顾——〈过去集〉代序》,《郁达夫文集》第七卷。

想象和虚构在内。《茫茫夜》发表后,有读者把作品中主人公完全当作了郁达夫而提出各种问题,郁达夫特地写了《〈茫茫夜〉发表之后》,说:"我对此第一不服的,就是读者好像把《茫茫夜》的主人公完全当作了我自家看。我平常作小说,虽极不爱架空的做作,但我的事实 Wahrheit 之中,也有些虚构 Dichtung 在内,并不是主人公的一举一动,完完全全是我自己的过去生活。"

郁达夫醉心于自叙体小说,写得得心应手,后来的作品虽有发展变化,但仍不脱《沉沦》时期的风格和情调。这是由于他的创作个性决定的。他重视自我,重视个性,不喜欢将自我淹没在群体之中。他很赞赏"五四"以后蔚为大观的小品散文中展现的多彩多姿的创作个性,赞赏这些散文中个人的发现。他在《〈中国新文学大系·散文二集〉序》中说:"五四运动的最大成功,第一要算'个人'的发见。从前的人,是为君而存在,为道而存在,为父母而存在,现在的人才晓得为自我而存在了。"表现自我,是郁达夫艺术创作的动力。他说:"艺术本来就是表现,而艺术品的表现,实际上不是事实本体的现象,却是经过艺术家的气禀的再现。"[①]

郁达夫在本质上是一个诗人。热情、敏感和冲动。因此他的诗

---

① 《文学概说》,《郁达夫文集》第五卷。

写得好,他的小说也充满着诗意。他写小说最重视情感的充实和畅达。他说:"小说的表现,重在感情,所用的都是具体的描写。所以小说里边,最忌作者抽象的空论,因为读者的理智一动,最容易使感情消减。"① 因而他并不在意更不追求对客观现实的冷静观察和真实描绘,在郁达夫的笔下,所谓客体许多都是"主观情绪化"了的。他更不注意事件是否完整,情节的高潮或低潮在何处,布局和结构是否缜密和合理。在这里,支撑小说的全部构架是人物内在的"情绪"。所以郁达夫的小说给我们的印象往往是有许多片断的不连贯的生活场景,显得松散,有时甚至零乱。但是人物内在情感线索是清晰的,流畅的,经常有一吐为快之感。郁达夫叙述写作《沉沦》的经过,说他那时正处在人生的"浪漫抒情时代",故国的陆沉,身受的屈辱,所感所思,"没有一点不是失望,没有一处不是忧伤",所以他"只觉得不得不写,又觉得只能照那么地写,什么技巧不技巧,词句不词句,都一概不管,正如人感到了痛苦的时候,不得不叫一声一样,又那能顾得这叫出来的一声,是低音还是高音?"② 但是人们又往往按通常的小说章法和规律来要求郁达夫,总免不了觉得他的小说松散之处太多。《茫茫夜》发表后曾有人指出作品"叙事散

---

① 《小说论》,《郁达夫文集》第五卷。
② 《忏余独白——〈忏余集〉代序》,《郁达夫文集》第七卷。

漫得很，没有集中的地方"，郁达夫为此作答："这批评也是真的，《茫茫夜》似乎失了中心点的样子，但是我以为我所描写的是一个灵魂的生长（The growth of a soul），因为这灵魂生长的程序，曲折不定，所以我的描写自然流于散漫了。"① 我想这"灵魂"不能作一般意义的"性格"来理解，而应是带着许多内在的要求和情感在内。就因为这浓重的主观感情色彩，郁达夫作品中的一切都从人物的眼中看去，自然风景的描写也不例外：

> 他看看四边，觉得周围的草木，都在那里对他微笑。看看苍空，觉得悠悠无穷的大自然，微微的在那里点头。一动也不动的向天看了一会，他觉得天空中有一群小天神，背上插着了翅膀，肩上挂着了弓箭，在那里跳舞。

这是小说《沉沦》开头的一段描写，主人公远离人群，陶醉于自然景色之中怡然自得。草木微笑，苍空点头，天空有天神跳舞无一不是主人公心态的映照。

郁达夫早期作品抒情的基调是忧郁和感伤，主人公是一个最大

---

① 《〈茫茫夜〉发表之后》。

的"孤独者"和"零余者"。他感时忧国,哀哀切切。他需要爱又不敢爱,便自己加以压制、窒息和扭曲,以致变态,去寻求性的刺激和道德的犯罪。然而又不断地自责和悔恨,接着便是更深的犯罪以致不能自拔。由此可见他又是一个意志薄弱的弱者。他空有一副清醒的头脑,剩下的都是无尽的哀伤。从《沉沦》开始到《十一月初三》依旧如此。"总之现在我是四海一身,落落寞寞,同枯燥的电杆一样,光泽泽的在寒风灰土里冷颤。眼泪也没有,悲叹也没有,称心的事业,知己的朋友,一点儿也没有……所有的就是一个空洞的心!同寒灰似的一个心!"(《十一月初三》)

郁达夫自叙体小说还有一个特点是露骨的直率和勇敢的暴露。他把主人公内心深处的秘密,见不得人的丑恶勾当以及变态的性欲都赤裸裸地揭示出来,淋漓尽致。《沉沦》中"他"偷看旅馆主人女儿洗澡,当看到那少女雪样的乳峰,肥白的大腿时,呼吸几乎停止,面上的筋肉都发起痉来。"愈看愈颤得厉害,他那发颤的前额部竟同玻璃窗冲击了一下。"当他险些被发觉赶快跑回自己房里的时候,"面上同火烧的一样,口也干渴了。一边他自家打自家的嘴巴。"他对于自己是责备和悔恨的。但第二天无意之中又偷听到一对男女青年的幽会,他一边责骂自己:"你去死罢,你去死罢,你怎么会下流到这样的地步。"一边"尖着的耳朵却一言半语也不愿意遗漏,用了全副精神在那里听着"。《沉沦》是用第三人称写作的，但毫不妨碍作家和读者之间的理解和交流。读者读着作品，便渐渐忘记了旁边的叙述者，而感到是主人公面对读者，向你坦诚地表露自己的心曲，没有任何的矫揉造作和粉饰遮掩。这种卑以自牧，自我解剖颇需一点勇气。对于那些虚伪的封建道德来说，郁达夫的坦率和暴露简直起了惊世骇俗的作用。正如郭沫若说过的那样："他那大胆的自我暴露，对于深藏在千年万年的背甲里面的士大夫的虚伪，完全是一种暴风雨式的闪击，把一些假道学、假才子们震惊得至于狂怒了。为什么？就因为有这样露骨的直率，使他们感觉着假的困难。"[①]

郁达夫有十年留学日本的生活。十年在人生旅程中不能算短，岛国的文化艺术不能不对郁达夫产生影响。他的自叙体小说和日本"私小说"派（又名"自我小说"）有着直接的联系，在创作思想和个人境遇方面都有不少共同之处。日本的"私小说"派由日本原先的自然主义文学衍变而来，大正时期（1912—1926）形成了一个有影响力的派别。这正是郁达夫在日本留学和写作《沉沦》的时间。私小说取材于作者的身边生活，作者本人成为小说的一部分，葛西善藏是这一流派的代表作家。那时许多的日本文学家封闭在自我的

---

① 《论郁达夫》，1946年9月《人物杂志》第三期。

社会里,尤其是日俄战争以后,军国主义膨胀,社会黑暗,专制主义的高压更把日本文人驱上自我反省的道路。他们竭力想从这种压迫、不安和危机中解脱出来。这种愿望就是"私小说"产生的心理和社会背景。葛西善藏他"一生穷苦,再加上身体多病,就以他这停滞的私生活作为唯一的素材,把整个身心寄托在上面,严格加以观察,进行创作"①。而葛西善藏则是郁达夫所喜爱和尊敬的作家之一。不过,影响归影响,这种文体一经郁达夫自己的心灵过滤再由笔下流出,便是郁达夫自己的东西了。郁达夫没有把自己"封闭"在自我狭小的天地里,由于时代和中国社会的特定环境,郁达夫的叫喊和苦闷便也成为同时代青年的心声。《沉沦》发表后,当时的一位评论者这样说:"我们可以说作者恰恰生在这个使人忧郁的时代里,世纪末的颓废的情调与感伤的色彩,他是免不掉会有的。我们更当明白,他的忧郁与悲哀就是我们这些同时代人的忧郁与悲哀,而他的作品便有力地把他的所感表现了出来,也就是我们大家的所感表现了出来,所以得到我们的共鸣。"② 郁达夫自己也说过:"我的消沉,也是对国家,对社会的。"③

---

① 西乡信纲等《日本文学史》。
② 贺玉波《〈过去集〉的三种作品》,见《郁达夫论》。
③ 《北国的微音》,《郁达夫文集》第三卷。

郁达夫小说的心理描写很成功，特别是心理变态的刻画，似乎受到奥地利弗洛伊德精神分析学说的影响。他把性的心理状态作为自我内心世界很重要的一部分来描写。《空虚》里面，疾风雷雨之夜不请自来的少女天亮后便回到隔壁自己的房间，"质夫就马上将身体横伏在刚才她睡过的地方。质夫把两手放到身底下去作了一个紧抱的形状，他的身体却感着一种被上留着她的余温。闭了口用鼻子深深的在被上把她的香气闻吸了一回，他觉得他的肢体都酥软起来了。"在《茫茫夜》里，于质夫困于黑暗的社会，复杂的人事，枯寂之中便寻找性的刺激。他跑到一个小店，看到女主人长得小巧，有几分俏，便把她"如饿犬似的贪看了一两分钟"。他向这个妇女买了一根用过的针和手帕，回家后，"他就把那两件宝物掩在自家的口鼻上、深深地闻了一回香气"。接着"他就狠命的把针子向颊上刺了一针。本来为了兴奋的缘故，变得一块红一块白的面上，忽然滚出了一滴同玛瑙似的血来"。这样，"他觉得一种快感，把他的全身都浸透了。"这简直有点由"恋物癖"而至"自虐狂"了。郁达夫就是通过如此的变态的性的心理表达人物内心的苦闷和压抑。

受弗洛伊德的影响，郁达夫的小说里许多地方描写梦境，他用梦境来延伸人物的心理活动和情绪的奔流。《空虚》里，于质夫恨那少女和她表兄在一起谈天玩耍，嫉妒之火使他做了一个噩梦。在梦里,他拿一把刀砍过去:"一刀砍去,正碰着她的手臂,嗦的一声,她的一只纤手竟被砍落,鲜血淋漓的躺在席上。"《南迁》中伊人和女学生O在海边散步,她还用那悲凉微颤的喉音唱了歌德的《迷娘的歌》,这是一段美好的时光。于质夫总是回忆着这样的会面和歌声,于是他又入了梦境:

  月亮正要落山的样子,西天尽变了红黑的颜色。他向四边一看,觉得海水树林沙滩也都变了红黑色了。他对她一看,见她脸色被四边的红黑色反映起来,竟苍白得同死人一样。他想和她说话,但是总想不出什么话来。她也只含了两眼清泪,在那里默默的看他。两人在沉默的中间,动也不动的看了一忽,她就回转身向树林里走去。他马上追了过去……但是他的两脚怎么也不能跑,苦闷了一回,他的梦才醒了。

郁达夫有很好的文字修养,诗写得有味道,小说里也有许多诗的语言,清丽流畅。读他的小说可以使心情松弛,舒展,既是休息,亦是享受。

银灰色的死

上

雪后的东京,比平时更添了几分生气。从富士山顶上吹下来的微风,总凉不了满都男女的白热的心肠。千九百二十年前,在伯利恒的天空游动的那颗明星出现的日期又快到了。街街巷巷的店铺,都装饰得同新郎新妇一样,竭力的想多吸收几个顾客,好添些年终的利泽。这正是贫儿富主,一样多忙的时候。这也是逐客离人,无穷伤感的时候。

在上野不忍池的近边,在一群乱杂的住屋的中间,有一间楼房,立在澄明的冬天的空气里。这一家人家,在这年终忙碌的时候,好像也没有什么活气似的,楼上的门窗,还紧紧的闭在那里,可是金黄的日球,离开了上野的丛林,已经高挂在海青色的天体中间,悠悠的在那里笑人间的多事了。

太阳的光线,从那紧闭的门缝中间,斜射到他的枕上的时候,他那一双同胡桃似的眼睛,就睁开了。他大约已经有二十四五岁的年纪。在黑漆漆的房内的光线里,他的脸色更加觉得灰白,从他面上左右高出的颧骨,同眼下的深深陷入的眼窝看来,他定是一个清瘦的人。

他开了半只眼睛,看看桌上的钟,长短针正重叠在×字的上面。开了口,打了一个呵欠,他并不知道他自家是一个大悲剧的主人公,仍旧嘶嘶的睡着了。半醒半觉的睡了一忽,听着间壁的挂钟打了十一点之后,他才跳出了被来。胡乱地穿好了衣服,跑下楼来,洗了手面,他就套上了一双破皮鞋,跑上外面去了。

他近来的生活状态,比从前大有不同的地方。自从十月底到如今,两个月的中间,他每昼夜颠倒的,到各处酒馆里去喝酒。东京的酒馆,当炉的大约都是十七八岁的少妇。他虽然知道她们是想骗他的金钱,所以肯同他闹,同他玩的,然而一到了太阳西下的时候,他总不能在家里好好的住着。有时候他想改过这恶习惯来,故意到图书馆里去取他平时所爱读的书来看,然而到了上灯的时候,他的耳朵里,忽然会有各种悲凉的小曲儿的歌声听见起来;他的鼻孔里,也会有脂粉，香油，油沸鱼肉，香烟醇酒的混合的香味到来；他的书的字里行间，忽然更会跳出一个红白的脸色来。她那一双迷人的眼睛，一点一点的扩大起来了。同蔷薇花苞似的嘴唇，渐渐儿的开放起来，两颗笑靥，也看得出来了。洋瓷似的一排牙齿，也透露着放起光来了。他把眼睛一闭，他的面前，就有许多妙年的妇女坐在红灯的影里，微微的在那里笑着。也有斜视他的，也有点头的，也有把上下的衣服脱下来的，也有把雪样嫩的纤手伸给他的。到了那个时候，他总不知不觉的要跟了那只纤手跑去，同做梦的一样，走出了图书馆。等到他的怀里有温软的肉体坐着的时候，他才知道他是已经不在图书馆内的冷板凳上了。

昨天晚上，他也在这样的一家酒馆里坐到半夜过后一点钟的时候，才走出来，那时候他的神志已经变得昏乱而不清。在路上跌来跌去的走了一会，看看四面并没有人影，万户千门，都寂寂地闭在那里，只有一行参差不齐的门灯黄黄的投射出了几处朦胧的黑影。街心的两条电车的路线，在那里放磷火似的青光。他立住了足，靠着了大学的铁栏杆，仰起头来就看见了那十三夜的明月，同银盆似的浮在淡青色的空中。他再定睛向四面一看，才知道清净的电车线路上，电柱上，电线上，歪歪斜斜的人家的屋顶上，都洒满了同霜也似的月光。他觉得自家一个人孤冷得很，好像同遇着了风浪后的船夫，一个人在北极的雪世界里漂泊着的样子。背靠着了铁栏杆，他尽在那里看月亮。看了一会，他那一双衰弱的老犬似的眼睛里，忽然滚下了两颗眼泪来。去年夏天，他结婚时候的景象，同走马灯一样的，旋转到他的眼前来了。

三面都是高低的山岭，一面宽广的空中，好像有江水的气味蒸发过来的样子。立在山中的平原里，向这空空荡荡的方面一望，谁都能生出一种灵异的感觉出来，知道这天空的底下，就是江水了。在山坡的煞尾的地方，在平原的起头的区中，有几点人家，沿了一条同曲线似的清溪，散在疏林蔓草的中间。有一天多情多梦的夏天的深更，因为天气热得很，他同他新婚的夫人，睡了一会，又从床上走了起来，到朝溪的窗口去纳凉去。灯火已经吹灭了，月光从窗里射了进来。在藤椅上坐下之后，他看见月光射在他夫人的脸上。定睛一看，他觉得她的脸色，同大理白石的雕刻没有半点分别。看了一会，他心里害怕起来，就不知不觉的伸出了右手，摸上她的面去。

"怎么你的面上会这样凉的？"

"轻些儿吧，快三更了，人家已经睡着在那里，别惊醒了他们。"

"我问你，唉，怎么你的面上会一点儿血气都没有的呢？"

"所以我总是要早死的呀！"

听了她这一句话,他觉得眼睛里一霎时的热了起来。不知是什么缘故,他就忽然伸了两手,把她紧紧的抱住了。他的嘴唇贴上她的面上的时候,他觉得她的眼睛里,也有两条同山泉似的眼泪在流下来。他们两人肉贴肉的暗泣了许久,他觉得胸中渐渐儿的舒爽起来了,望望窗外,远近都洒满了皎洁的月光。抬头看看天,苍苍的天空里,有一条薄薄的云影,浮在那里。

"你看那天河……"

"大约河边的那颗小小的星儿,就是象征我的星宿吧!"

"是什么星?"

"织女星。"

说到这里,他们就停着不说下去了。两人默默地坐了一会,他又眼看着那一颗小小的星,低声的对她说:

"我明年未必能回来,恐怕你要比那织女星更苦咧。"

他靠住了大学的铁栏杆,呆呆的尽在那里对了月光追想这些过去的情节。一想到最后的那一句话,他的眼泪更连连续续的流了下来。他的眼睛里,忽然看得见一条溪水来了。那一口朝溪的小窗,也映到了他的眼睛里来。沿窗摆着的一张漆的桌子,也映到了他的眼睛里来。桌上的一张半明不灭的洋灯,灯下坐着的一个二十岁前后的女子,那女子的苍白的脸色,一双迷人的大眼,小小的嘴唇的曲线，灰白的嘴唇，都映到了他的眼睛里面。他再也支持不住了，摇了一摇头，便自言自语的说：

"她死了，她是死了，十月二十八日那一个电报，总是真的。十一月初四的那一封信，总也是真的。可怜她吐血吐到气绝的时候，还在那里叫我的名字。"

一边流泪，一边他就站起来走，他的酒已经醒了，所以他觉得有点寒冷。到了这深更半夜，他也不愿意再回到他那同地狱似的寓里去。他原来是寄寓在他的朋友的家里的；他住的楼上，也没有火钵，也没有生气，总只有几本旧书，横摊在黄灰色的电灯光里等他；他愈想愈不愿意回去了，所以他就慢慢的走上了到上野的火车站去的路。原来日本火车站上的人是通宵不睡的；待车室里，有红红的火炉生在那里；他上火车站去，就是想去烤火取暖，坐待天明的。

一直地走到了火车站，清冷的路上并没有一个人同他遇见，进了车站，他在空空寂寂的长廊上，只看见两排电灯，在那里黄黄的放光。卖票房里，坐着了二三个女事务员，在那里打呵欠，进了二等待车室，半醒半睡的坐了两个钟头，他看看火炉里的火也快完了。远远地有几声机关车的车轮声传了过来。车站里也来了几个穿制服的人在那里跑来跑去的跑。等了一会，从东北来的火车到了。车站上忽然热闹了起来，下车的旅客的脚步声同种种的呼唤声，混作了一处,传到他的耳膜上来;跟了一群旅客,他也走出火车站来了。出了车站,他仰起头来一看,只见苍色圆形的天空里,有无数星辰,在那里微动;从北方忽然来了一阵凉风,他觉得冷得难耐的样子。月亮已经下山了。街上有几个早起的工人,拉了车慢慢的在那里行走,各店家的门灯,都像倦了似的还在那里放光。走到上野公园的西边的时候,他忽然长叹了一声。朦胧的灯影里,塞塞窣窣的飞了几张黄叶下来,四边的枯树都好像活了起来的样子,他不觉打了一个冷噤,就默默的站住了。静静儿的听了一会,他觉得四边并没有动静,只有那工人的车轮声,同在梦里似的,断断续续的打动了他的耳膜,他才知道刚才的不过是几张落叶的声音。他走过观月桥的时候,只见池的彼岸一排不夜的楼台都沉在酣睡的中间,两行灯火,好像还在那里嘲笑他的样子。他到家睡下的时候,东方早已经灰白了。

中

这一天又是一天初冬好天气,午前十一点钟的时候,他急急忙忙的洗了手面,套上了一双破皮鞋,就跑出到了外面。

在蓝苍的天盖下,在和软的阳光里,无头无脑的走了一个钟头的样子,他才觉得饥饿了起来。身边摸摸看,他的皮包里,还有五元余钱剩在那里。半月前头,他看看身边的物件,都已卖完了,所以不得不把他亡妻的一个金刚石的戒指,当入当铺里去。他的亡妻的最后的这纪念物,只质了一百六十元钱,用不上半个月,如今却只有五元钱了。

"亡妻呀亡妻,你饶了我吧!"

他凄凉了一阵,羞愧了一阵,终究还不得不想到他目下的紧急的事情上去。他的肚里尽管在那里叽哩咕噜的响。他算算看这五元余钱,断不能到上等的酒馆里去吃一个醉饱,所以他就决意想到他无钱的时候常去的那一家酒馆里去。

那一家酒家,开设在植物园的近边,主人是一个五十光景的寡妇,当炉的就是那老寡妇的女儿,名叫静儿。静儿今年已经是二十岁了。容貌也只平常,但是她那一双同秋水似的眼睛,同白色人种似的高鼻,不识是什么理由,使得见她一面过的人,总忘她不了。并且静儿的性质也和善得非常,对什么人总是一视同仁,装着笑脸的。她们那里,因为客人不多,所以并没有厨子。静儿的母亲,从前也在西洋菜馆里当过炉的,因此她却颇晓得些调羹的妙诀。他从前身边没有钱的时候,大抵总跑上静儿家里去的,一则因为静儿待他周到得很,二则因为他去惯了,静儿的母亲也信用他,无论多少,总肯替他挂帐的。他酒醉的时候，每对静儿说他的亡妻是怎么好，怎么好，怎么被他母亲虐待，怎么的染了肺病，死的时候，怎么的盼望他。说到伤心的地方，他每流下泪来，静儿有时候也会陪他落些同情之泪。他在静儿家里进出，虽然还不上两个多月，然而静儿待他，竟好像同待几年前的老友一样了。静儿有时候有不快活的事情，也都会告诉他。据静儿说，无论男人女人，有秘密的事情，或者有伤心的事情的时候，总要有一个朋友，互相劝慰的能够讲讲才好。他同静儿，大约就是一对能互相劝慰的朋友了。

半月前头，他也不知道从什么地方听来的消息，只听说静儿要嫁人去了。因为不愿意直接把这话来问静儿，所以嗣后他只是默默的在那里观察静儿的行状。心里既有了这一条疑心，所以他觉得静儿待他的态度，比从前总有些不同的地方。有一天将夜的时候，他正在静儿家坐着喝酒，忽然来了一个三十来岁的男人。静儿见了这男人，就丢下了他，马上去招呼这新来的男子；按理这原也是很平常的事情。静儿走开了，他只能同静儿的母亲说了些无关紧要而且是无味的闲话。然而他一边说话，一边却在那里注意静儿和那男人的举动。等了半点多钟，静儿还尽在那里同那男人说笑，他等得不耐烦起来，就同伤弓的野兽一般，匆匆地走了。自从那一天起，到如今却有半个多月的光景，他还没有上静儿家里去过。同静儿绝交之后，他喝酒更加喝得厉害，想他亡妻的心思，也比从前更加沉痛了。

"能互相劝慰的知心好友！我现在上那里去找得出这样的一个朋友呢！"

近来他于追悼亡妻之后，总想到这一段结论上去。有时候他的亡妻的面貌，竟会同静儿的混到一处来。同静儿绝交之后，他觉得更加哀伤更加孤寂了。

他身边摸摸看，皮包里的钱只有五元余了。他就想把这事作了口实，跑上静儿的家里去。一边这样的想，一边他又想起了《坦好直》（Tannhäuser）里边的"盍县罢哈"（Wolfram von Eschenbach）来。

"千古的诗人盍县罢哈呀！我佩服你的大量。我佩服你真能用高洁的心情来爱'爱利查陪脱'。"

想到这里，他就唱了两句《坦好直》里边的唱句，说：

Dort ist sie;——nahe dich ihr ungestört! ……

So flieht für dieses Leben

Mir jeder Hoffnung Schein!

（Wagner's *Tannhäuser*）

（你且去她的裙边，去算清了你们的相思旧债！）（可怜我一生孤冷!你看那镜里的名花,又成了泡影!)

念了几遍,他就自言自语地说:

"我可以去的,可以上她的家里去的,古人能够这样的爱他的情人,我难道不能这样的爱静儿么?"

看他的样子,好像是对了人家在那里辩护他目下的行为似的,其实除了他自家的良心以外,却并没有人在那里责备他。

慢慢地走到了静儿家里的时候,她们母女两个,还刚才起来。静儿见了他,对他微微的笑了一脸,就问他说:

"你怎么这许久不上我们家里来?"

他心里想说:

"你且问问你自家看吧!"

但是见了静儿那一副柔和的笑容,他什么也说不出来了,所以只回答说:"我因为近来忙得非常。"

静儿的母亲听了他这一句话之后,就伴嗔假怒的问他说:

"忙得非常?静儿的男人说近来你时常上他家里去喝酒去的呢。"

静儿听了她母亲的话,好像有些难以为情的样子,所以叫她母亲说:

"妈妈!"

他看了这些情节,就追问静儿的母亲说:

"静儿的男人是谁呀?"

"大学前面的那一家酒馆的主人,你还不知道么?"

他就回转头来对静儿说:

"你们的婚期是什么时候?恭喜你,希望你早早生一个又白又胖的好儿子,我们还要来吃喜酒哩。"

静儿对他呆看了一忽,好像要哭出来的样子。停了一会,静儿问他说:"你喝酒么?"

他听她的声音,好像是在那里颤动似的。他也忽然觉得凄凉起来,一味悲酸,仿佛像晕船的人的呕吐,从肚里挤上了心来。他觉得一句话也说不出口,只能把头点了几点,表明他是想喝酒的意思。他对静儿看了一眼,静儿也对他看了一眼,两人的视线,同电光似的闪发了一下,静儿就三脚两步的跑出外面去替他买下酒的菜去了。

静儿回来了之后,她的母亲就到厨下去做菜去,菜还没有好,酒已经热了。静儿就照常的坐在他面前,替他斟酒,然而他总不敢抬起头来再看她一眼,静儿也不敢仰起头来看他。静儿也不言语,他也只默默的在那里喝酒。两人呆呆的坐了一会,静儿的母亲从厨下叫静儿说:

"菜做好了,你拿了去吧!"

静儿听了这话,却兀的不动身体,老是坐在那里。他不知不觉的偷看了一下，静儿是在落眼泪了。

他胡乱的喝了几杯酒，吃了几盘菜，就歪歪斜斜地走了出来。外边街上，人声嘈杂得很。穿过了一条街，他就走到了一条清净的路上。走了几步，走上一处朝西的长坡的时候，看看太阳已经打斜了。远远的回转头来一看，植物园内的树林的梢头，都染了一片绛黄的颜色。他也不知是什么缘故，对了西边地平线上融在太阳光里的远山，和远近的人家的屋瓦上的残阳，都起了一种惜别的心情。呆呆的看了一会，他就回转了身，背负了夕阳的残照，向东的走上了长坡。

同在梦里一样，昏昏的走进了大学的正门之后，他忽而听见有人在叫他说：

"Y君，你上哪里去！年底你住在东京么？"

他仰起头来一看，原来是他的一个同学。新剪的头发，穿了一套新做的洋服，手里拿了一只旅行的藤箧，他大约是预备回家去过年去的。他对他同学一看，就作了笑容，慌慌忙忙的回答说：

"是的，我什么地方都不去，你预备回家去过年去么？"

"对了，我是预备回家去的。"

"你见你情人的时候，请你替我问问安吧。"

"可以的，她恐怕也在那里想你咧。"

"别取笑了,愿你平安回去,再会再会。"

"再会再会,哈……"

他的同学走开了之后,他一个人冷冷清清的在薄暮的大学园中,呆呆的立了许多时候,好像疯了似的。呆了一会,他又慢慢的向前走去,一边却自言自语地说:

"他们都回家去了,他们都是有家庭的人。Oh, home! sweet home!"

他无头无脑地走到了家里,上了楼,在电灯底下坐了一会,他那昏乱的脑髓,也把刚才在静儿家里听见过的话想了出来:

"不错不错,静儿的婚期,就在新年的正月里了。"

他想了一会,就站了起来,把几本旧书,捆作了一包,不慌不忙的将那包旧书拿到了学校前边的一家旧书铺里。办了一个天大的交涉,把几个大天才的思想,仅仅换了九元余钱;有一本英文的诗文集,因为旧书铺的主人,还价还得太贱了,所以他仍旧不卖。

得了九元余钱,他心里虽然在那里替那些著书的天才抱不平,然而一边却满足得很。因为有了这九元余钱,他就可以谋一晚的醉饱,并且他的最大的目的,也能达得到了——就是用几元钱去买些礼物送给静儿的这一个宏愿——

从旧书铺走出来的时候,街上已经是黄昏的世界了,在一家卖给女子用的装饰品的店里，买了些丽绷（ribbon）犀簪同两瓶紫罗兰的香水，他就一直地跑上了静儿的家里。

静儿不在家，她的母亲只一个人在那里烤火。见他又进来了，静儿的母亲好像有些嫌恶他的样子，所以问他说：

"怎么你又来了？"

"静儿上哪里去了？"

"去洗澡去了。"

听了这话，他就走近她的身边去，把怀里藏着的那些丽绷香水等拿了出来，对她说：

"这一些儿微物，请你替我送给静儿，就算作了我送给她的嫁礼吧。"

静儿的母亲见了那些礼物，就满脸装起笑容来说：

"多谢多谢，静儿回来的时候，我再叫她来道谢吧。"

他看看天色已经晚了，就叫静儿的母亲再去替他烫一瓶酒，做几盘菜。他喝酒正喝到第二瓶的时候，静儿回来了。静儿见他又坐在那里喝酒，不觉呆了一呆，就向他说：

"啊，你又……"

静儿到厨下去转了一转，同她的母亲说了几句话，就回到了他的面前。他以为她是来道谢的，然而关于刚才的礼物的话，她却一

句也不说,只呆呆的坐在他的面前,尽一杯一杯的在那里替他斟酒。到后来他拼命的叫她添酒的时候,静儿就红了两眼,对他说:

"你不喝了吧,喝了这许多酒,难道还不够么?"

他听了这话,更加大口痛饮了起来。他心里的悲哀的情调,正不知从哪里说起才好,他一边好像是对了静儿已经复了仇,一边又好像是在那里哀悼自家的样子。

在静儿的床上醉卧了许久,到了半夜后两点钟的时候,他才踉踉跄跄的跑出了静儿的家。街上岑寂得很,远近都洒满了银灰色的月光,四边并无半点动静,除了一声两声的幽幽的犬吠声之外,这广大的世界,好像是已经死绝了。跌来跌去的走了一会,他又忽然遇着了一个卖酒食的夜店。他摸摸身边看,袋里还有四五张五角钱的钞票剩在那里。在夜店里他又重新饮了一个尽量。一霎时他觉得大地高天,和四周的房屋,都在那里旋转的样子。倒前冲后的走了两个钟头,他只见他的面前现出了一块大大的空地来。月光的掠影,同各种物体的黑影,混作了一团,映到了他的眼里。

"此地大约已经是女子医学专门学校了吧?"

这样的想了一想,神志清了一清,他的脑里,起了痉挛,他又不是现在的他了。几天前的一场情景,便同电影似的,飞到了他的眼前。

天上飞满了灰色的寒云，北风紧得很。在落叶萧萧的树影里，他站在上野公园的精养轩的门口，在那里接客。这一天是他们同乡开会欢迎Ｗ氏的日期，在人来人往之中，他忽然看见了一个十七八岁的女子，穿了女子医学专门学校的制服，不忙不迫的走来赴会。他起初见她面的时候，不觉呆了一呆。等那女子走近他身边的时候，他才同梦里醒转来的人一样，慌慌忙忙地走上了前去，对她说：

"你把帽子外套脱下来交给我吧。"

两个钟头之后，欢迎会散了，那时候差不多已经有五点钟的光景。出口的地方，取帽子外套的人，挤得厉害。他走下楼来的时候，见那女子还没穿外套，呆呆的立在门口，所以就又走上去问她说：

"你的外套去取了没有？"

"还没有。"

"你把那铜牌交给我，我替你去取吧。"

"谢谢。"

在苍茫的夜色中，他见了她那一副细白的牙齿，觉得心里爽快得非常。把她的外套帽子取来了之后，他就跑过后面去，替她把外套穿上了。她回转头来看了他一眼，就急急的从门口走了出去。他追上了一步，放大了眼睛看了一忽，她那细长的影子，就在黑暗的中间消灭了。

想到这里，他觉得她那纤软的身体似乎刚在他的面前擦去的样子。

"请你等一等吧！"

这样的叫了一声，上前冲了几步，他那又瘦又长的身体，就横倒在地上了。

月亮打斜了。女子医学校前的空地上，又增了一个黑影。四边静寂得很。银灰色的月光，洒满了那一块空地，把世界的物体都净化了。

下

十二月二十六日的早晨，太阳依旧由东方升了起来。太阳的光线，射到牛込区役所前的揭示场的时候，有一个区役所的老仆，拿了一张告示，贴上了揭示场的木板。那一张告示说：

行路病者：

  年龄约可二十四五之男子一名，身长五尺五寸，貌瘦，色枯黄，颧骨颇高，发长数寸，乱披额上，此外更无特征。

  衣黑色哔叽旧洋服。衣袋中有 Ernest Dowson's *Poems and*

Prose 一册，五角钞票一张，白绫手帕一方，女人物也，上有 S. S. 等略字。身边留有黑色软帽一顶，穿黄色浅皮鞋，左右各已破损。

病为脑溢血。本月二十六日午前九时，在牛込若松町女子医学专门学校前之空地上发现，距死约四小时。因不知死者姓名住址，故为代付火葬。

牛込区役所示

The reader must bear in mind that this is an imaginary tale after all, the author can not be responsible to its reality. One word, however, must be mentioned here that he owes much obligation to R. L. Stevenson's *A Lodging for the Night* and the life of Ernest Dowson for the plan of this unambitious story.

（读者须知，这只是一则虚构的故事，作者毕竟不能对其真实性负责。可是，有一点必须在此提到：这篇没有奢望的小说的构思，取材于史蒂文森的《宿夜》和道生的生平者甚多。）

沉 沦

一

　　他近来觉得孤冷得可怜。

　　他的早熟的性情，竟把他挤到与世人绝不相容的境地去，世人与他的中间介在的那一道屏障，愈筑愈高了。

　　天气一天一天的清凉起来，他的学校开学之后，已经快半个月了。那一天正是九月的二十二日。

　　晴天一碧，万里无云，终古常新的皎日，依旧在她的轨道上，一程一程的在那里行走。从南方吹来的微风，同醒酒的琼浆一般，带着一种香气，一阵阵的拂上面来。在黄苍未熟的稻田中间，在弯曲同白线似的乡间的官道上面，他一个人手里捧了一本六寸长的

Wordsworth 的诗集，尽在那里缓缓的独步。在这大平原内，四面并无人影；不知从何处飞来的一声两声的远吠声，悠悠扬扬的传到他耳膜上来。他眼睛离开了书，同做梦似的向有犬吠声的地方看去，但看见了一丛杂树，几处人家，同鱼鳞似的屋瓦上，有一层薄薄的蜃气楼，同轻纱似的，在那里飘荡。

"Oh, you serene gossamer! You beautiful gossamer!"

这样的叫了一声，他的眼睛里就涌出了两行清泪来，他自己也不知道是什么缘故。

呆呆地看了好久，他忽然觉得背上有一阵紫色的气息吹来，窸窣的一响，道旁的一枝小草，竟把他的梦境打破了。他回转头来一看，那枝小草还是颠摇不已，一阵带着紫罗兰气息的和风，温微微的喷到他那苍白的脸上来。在这清和的早秋的世界里，在这澄清透明的以太中，他的身体觉得同陶醉似的酥软起来。他好像是睡在慈母怀里的样子。他好像是梦到了桃花源里的样子。他好像是在南欧的海岸，躺在情人膝上，在那里贪午睡的样子。

他看看四边，觉得周围的草木，都在那里对他微笑。看看苍空，觉得悠久无穷的大自然，微微的在那里点头。一动也不动的向天看了一会，他觉得天空中，有一群小天神，背上插着了翅膀，肩上挂着了弓箭，在那里跳舞。他觉得乐极了。便不知不觉开了口，自言自语的说：

"这里就是你的避难所。世间的一般庸人都在那里妒忌你，轻笑你，愚弄你；只有这大自然，这终古常新的苍空皎日，这晚夏的微风，这初秋的清气，还是你的朋友，还是你的慈母，还是你的情人，你也不必再到世上去与那些轻薄的男女共处去，你就在这大自然的怀里，这纯朴的乡间终老了吧。"

这样的说了一遍，他觉得自家可怜起来，好像有万千哀怨，横亘在胸中，一口说不出来的样子。含了一双清泪，他的眼睛又看到他手里的书上去。

> Behold her, single in the field,
> You solitary Highland lass!
> Reaping and singing by herself;
> Stop here, or gently pass!
> Alone she cuts, and binds the grain,
> And sings a melancholy strain;
> Oh, listen! for the vale profound
> is overflowing with the sound.

看了这一节之后,他又忽然翻过一张来,脱头脱脑的看到那第三节去。

> Will no one tell me what she sings?
>
> Perhaps the plaintive numbers flow
>
> For old, unhappy far–off things,
>
> And battle long ago;
>
> Or is it some more humble lay,
>
> Familiar matter of today?
>
> Some natural sorrow, loss, or pain,
>
> That has been and may be again!

这也是他近来的一种习惯,看书的时候,并没有次序的。几百页的大书,更可不必说了,就是几十页的小册子,如爱美生的《自然论》(Emerson's *On Nature*),沙罗的《逍遥游》(Thoreau's *Excursion*)之类,也没有完完全全从头至尾的读完一篇过。当他起初翻开一册书来看的时候,读了四行五行或一页两页,他每被那一本书感动,恨不得要一口气把那一本书吞下肚子里去的样子,到读了三页四页之后,他又生起一种怜惜的心来,他心里似乎说:

"像这样的奇书，不应该一口气就把它念完，要留着细细儿的咀嚼才好。一下子就念完了之后，我的热望也就不得不消灭，那时候我就没有好望，没有梦想了，怎么使得呢？"

他的脑里虽然有这样的想头，其实他的心里早有一些儿厌倦起来，到了这时候，他总把那本书收过一边，不再看下去。过几天或者过几个钟头之后，他又用了满腔的热忱，同初读那一本书的时候一样的，去读另外的书去；几日前或者几点钟前那样的感动他的那一本书，就不得不被他遗忘了。

放大了声音把渭迟渥斯的那两节诗读了一遍之后，他忽然想把这一首诗用中国文翻译出来。

《孤寂的高原刈稻者》。

他想想看，*The Solitary Highland Reaper* 诗题只有如此的译法。

你看那个女孩儿，她只一个人在田里，

你看那边的那个高原的女孩儿，她只一个人冷清清地！

她一边刈稻，一边在那儿唱着不已：

她忽儿停了，忽而又过去了，轻盈体态，风光细腻！

她一个人，刈了，又重把稻儿捆起，

她唱的山歌，颇有些儿悲凉的情味：

听呀听呀！这幽谷深深，

全充满了她的歌唱的清音。

有人能说否，她唱的究是什么？

或者她那万千的痴话，

是唱着前代的哀歌，

或者是前朝的战事，千兵万马；

或者是些坊间的俗曲，

便是目前的家常闲说？

或者是些天然的哀怨，必然的丧苦，自然的悲楚，

这些事虽是过去的回思，将来想亦必有人指诉。

他一口气译了出来之后，忽又觉得无聊起来，便自嘲自骂的说：

"这算是什么东西呀，岂不同教会里的赞美歌一样的乏味么？英国诗是英国诗，中国诗是中国诗，又何必译来对去呢！"

这样的说了一句，他不知不觉便微微儿地笑起来。向四边一看，太阳已经打斜了；大平原的彼岸，西边的地平线上，有一座高山，浮在那里，饱受了一天残照，山的周围酝酿成一层朦朦胧胧的岚气，反射出一种紫不紫红不红的颜色来。

他正在那里出神呆看的时候,"喀"地咳嗽了一声,他的背后忽然来了一个农夫。回头一看,他就把他脸上的笑容改装了一副忧郁的面色,好像他的笑容是怕被人看见的样子。

二

他的忧郁症愈闹愈甚了。

他觉得学校里的教科书,味同嚼蜡,毫无半点生趣。天气清朗的时候,他每捧了一本爱读的文学书,跑到人迹罕至的山腰水畔,去贪那孤寂的深味去。在万籁俱寂的瞬间,在天水相映的地方,他看看草木虫鱼,看看白云碧落,便觉得自家是一个孤高傲世的贤人,一个超然独立的隐者。有时在山中遇着一个农夫,他便把自己当作了 Zaratustra,把 Zaratustra 所说的话,也在心里对那农夫讲了。他的 megalomania 也同他的 hypochondria 成了正比例,一天一天的增加起来。他竟有连续四五天不上学校去听讲的时候。

有时候到学校里去,他每觉得众人都在那里凝视他的样子。他避来避去想避他的同学,然而无论到了什么地方,他的同学的眼光,总好像怀了恶意,射在他的背脊上面。

上课的时候,他虽然坐在全班学生的中间,然而总觉得孤独得很；在稠人广众之中感得的这种孤独，倒比一个人在冷清的地方，感得的那种孤独，还更难受。看看他的同学们，一个个都是兴高采烈的在那里听先生的讲义，只有他一个人身体虽然坐在讲堂里头，心思却同飞云逝电一般，在那里作无边无际的空想。

好容易下课的钟声响了！先生退去之后，他的同学说笑的说笑，谈天的谈天，个个都同春来的燕雀似的，在那里作乐；只有他一个人锁了愁眉，舌根好像被千钧的巨石锤住的样子，兀的不作一声。他也很希望他的同学来对他讲些闲话，然而他的同学却都自家管自家的去寻欢作乐去，一见了他那一副愁容，没有一个不抱头奔散的，因此他愈加怨他的同学了。

"他们都是日本人，他们都是我的仇敌，我总有一天来复仇，我总要复他们的仇。"

一到了悲愤的时候，他总这样的想的，然而到了安静之后，他又不得不嘲骂自家说：

"他们都是日本人，他们对你当然是没有同情的，因为你想得他们的同情，所以你怨他们，这岂不是你自家的错误么？"

他的同学中的好事者，有时候也有人来向他说笑的，他心里虽然非常感激，想同那一个人谈几句知心的话，然而口中总说不出什么话来；所以有几个解他的意的人，也不得不同他疏远了。

他的同学日本人在那里欢笑的时候,他总疑他们是在那里笑他,他就一霎时的红起脸来。他们在那里谈天的时候,若有偶然看他一眼的人,他又忽然红起脸来,以为他们是在那里讲他。他同他同学中间的距离,一天一天的远背起来,他的同学都以为他是爱孤独的人,所以谁也不敢来近他的身。

有一天放课之后,他挟了书包,回到他的旅馆里来,有三个日本学生系同他同路的。将要到他寄寓的旅馆的时候,前面忽然来了两个穿红裙的女学生。在这一区市外的地方,从没有女学生看见的,所以他一见了这两个女子,呼吸就紧缩起来。他们四个人同那两个女子擦过的时候,他的三个日本人的同学都问她们说:

"你们上哪儿去?"

那两个女学生就作起娇声来回答说:

"不知道!"

"不知道!"

那三个日本学生都高笑起来,好像是很得意的样子;只有他一个人似乎是他自家同她们讲了话似的,害了羞,匆匆跑回旅馆里来。进了他自家的房,把书包用力的向席上一丢,他就在席上躺下了。他的胸前还在那里乱跳,用了一只手枕着头,一只手按着胸口,他便自嘲自骂地说:

"你这卑怯者!

"你既然怕羞,何以又要后悔?

"既要后悔,何以当时你又没有那样的胆量?不同她们去讲一句话?

"Oh, coward, coward!"

说到这里,他忽然想起刚才那两个女学生的眼波来了。

那两双活泼泼的眼睛!

那两双眼睛里,确有惊喜的意思含在里头。然而再仔细想了一想,他又忽然叫起来说:

"呆人呆人!他们虽有意思,与你有什么相干?他们所送的秋波,不是单送给那三个日本人的么?唉!唉!她们已经知道了,已经知道我是支那人了,否则她们何以不来看我一眼呢!复仇复仇,我总要复她们的仇。"

说到这里,他那火热的颊上忽然滚了几颗冰冷的眼泪下来。他是伤心到极点了。这一天晚上,他记的日记说:

  我何苦要到日本来,我何苦要求学问。既然到了日本,那自然不得不被他们日本人轻侮的。中国呀中国!你怎么不富强起来,我不能再隐忍过去了。

故乡岂不有明媚的山河,故乡岂不有如花的美女?我何苦要到这东海的岛国里来!

到日本来倒也罢了,我何苦又要进这该死的高等学校。他们留了五个月学回去的人,岂不在那里享荣华安乐么?这五六年的岁月,教我怎么能挨得过去。受尽了千辛万苦,积了十数年的学识,我回国去,难道定能比他们来胡闹的留学生更强么?

人生百岁,年少的时候,只有七八年的光景,这最纯最美的七八年,我就不得不在这无情的岛国里虚度过去,可怜我今年已经是二十一了。

槁木的二十一岁!

死灰的二十一岁!

我真还不如变了矿物质的好,我大约没有开花的日子了。

知识我也不要,名誉我也不要,我只要一个安慰我体谅我的"心"。一副白热的心肠!从这一副心肠里生出来的同情!从同情而来的爱情!

我所要求的就是爱情!

若有一个美人,能理解我的苦楚,她要我死,我也肯的。

若有一个妇人,无论她是美是丑,能真心真意的爱我,我也愿意为她死的。

我所要求的就是异性的爱情！

苍天呀苍天，我并不要知识，我并不要名誉，我也不要那些无用的金钱，你若能赐我一个伊甸园内的"伊扶"，使她的肉体与心灵，全归我有，我就心满意足了。

三

他的故乡，是富春江上的一个小市，去杭州水程不过八九十里。这一条江水，发源安徽，贯流全浙，江形曲折，风景常新，唐朝有一个诗人赞这条江水说"一川如画"。他十四岁的时候，请了一位先生写了这四个字，贴在他的书斋里，因为他的书斋的小窗，是朝着江面的。虽则这书斋结构不大，然而风雨晦明，春秋朝夕的风景，也还抵得过滕王高阁。在这小小的书斋里过了十几个春秋，他才跟了他的哥哥到日本来留学。

他三岁的时候就丧了父亲，那时候他家里困苦得不堪。好容易他长兄在日本 W 大学卒了业，回到北京，考了一个进士，分发在法部当差，不上两年，武昌的革命起来了。那时候他已在县立小学堂卒了业，正在那里换来换去的换中学堂。他家里的人都怪他无恒性，说他的心思太活；然而依他自己讲来，他以为他一个人同别的学生不同，不能按部就班的同他们同在一处求学的。所以他进了 K 府中学之后，不上半年又忽然转到 H 府中学来；在 H 府中学住了三个月，革命就起来了。H 府中学停学之后，他依旧只能回到他那小小的书斋里来。第二年的春天，正是他十七岁的时候，他就进了大学的预科。这大学是在杭州城外，本来是美国长老会捐钱创办的，所以学校里浸润了一种专制的弊风，学生的自由，几乎被束缚得同针眼儿一般的小。礼拜三的晚上有什么祈祷会，礼拜日非但不准出去游玩，并且在家里看别的书也不准的，除了唱赞美诗祈祷之外，只许看新旧约书。每天早晨从九点钟到九点二十分，定要去做礼拜，不去做礼拜，就要扣分数记过。他虽然非常爱那学校近旁的山水景物，然而他的心里，总有些反抗的意思，因为他是一个爱自由的人，对那些迷信的管束，怎么也不甘心服从。住不上半年，那大学里的厨子，托了校长的势，竟打起学生来。学生中间有几个不服的，便去告诉校长，校长反说学生不是。他看看这些情形，实在是太无道理了，就立刻去告了退，仍复回家，到那小小的书斋里去。那时候已经是六月初了。

在家里住了三个多月，秋风吹到富春江上，两岸的绿树，就快凋落的时候,他又坐了帆船,下富春江,上杭州去。恰好那时候石牌楼的W中学正在那里招插班生,他进去见了校长M氏,把他的经历说给了M氏夫妻听,M氏就许他插入最高的班里去。这W中学原来也是一个教会学校,校长M氏,也是一个糊涂的美国宣教师,他看看这学校的内容倒比H大学不如了。与一位很卑鄙的教务长——原来这一位先生就是H大学的卒业生——闹了一场,第二年的春天,他就出来了。出了W中学,他看看杭州的学校,都不能如他的意,所以他就打算不再进别的学校去。

正是这个时候,他的长兄也在北京被人排斥了。原来他的长兄为人正直得很,在部里办事,铁面无私,并且比一般部内的人物又多了一些学识,所以部内上下,都忌惮他。有一天某次长的私人,来问他要一个位置,他执意不肯,因此次长就同他闹起意见来,过了几天他就辞了部里的职,改到司法界去做司法官去了。他的二兄那时候正在绍兴军队里作军官,这一位二兄军人习气颇深,挥金如土,专喜结交侠少。他们弟兄三人,到这时候都不能如意之所为,所以那一小市镇里的闲人都说他们的风水破了。

他回家之后,便镇日镇夜的蛰居在他那小小的书斋里。他父祖及他长兄所藏的书籍,就作了他的良师益友。他的日记上面,一天一天的记起诗来。有时候他也用了华丽的文章做起小说来,小说里就把他自己当作了一个多情的勇士,把他邻近的一家寡妇的两个女儿,当作了贵族的苗裔,把他故乡的风物,全编作了田园的情景;有兴的时候,他还把他自家的小说,用单纯的外国文翻译起来;他的幻想,愈演愈大了,他的忧郁病的根苗,大约也就在这时候培养成功的。

在家里住了半年,到了七月中旬,他接到他长兄的来信说:

"院内近有派予赴日本考察司法事务之意,予已许院长以东行,大约此事不日可见命令。渡日之先,拟返里小住。三弟居家,断非上策,此次当偕伊赴日本也。"

他接到了这一封信之后,心中日日盼他长兄南来,到了九月下旬,他的兄嫂才自北京到家。住了一月,他就同他的长兄长嫂同到日本去了。

到了日本之后,他的 dreams of the romantic age 尚未醒悟,模模糊糊的过了半载,他就考入了东京第一高等学校。这正是他十九岁的秋天。

第一高等学校将开学的时候,他的长兄接到了院长的命令,要他回去。他的长兄便把他寄托在一家日本人的家里,几天之后,他的长兄长嫂和他的新生的侄女儿就回国去了。

东京的第一高等学校里有一班预备班,是为中国学生特设的。

在这预科里预备一年，卒业之后，才能入各地高等学校的正科，与日本学生同学。他考入预科的时候，本来填的是文科，后来将在预科卒业的时候，他的长兄定要他改到医科去，他当时亦没有什么主见，就听了他长兄的话把文科改了。

预科卒业之后，他听说 N 市的高等学校是最新的，并且 N 市是日本产美人的地方，所以他就要求到 N 市的高等学校去。

四

他的二十岁的八月二十九日的晚上，他一个人从东京的中央车站乘了夜行车到 N 市去。

那一天大约刚是旧历的初三四的样子，同天鹅绒似的又蓝又紫的天空里，洒满了一天星斗。半痕新月，斜挂在西天角上，却似仙女的蛾眉，未加翠黛的样子。他一个人靠着了三等车的车窗，默默的在那里数窗外人家的灯火。火车在暗黑的夜气中间，一程一程的进去，那大都市的星星灯火，也一点一点的朦胧起来，他的胸中忽然生了万千哀感，他的眼睛里就忽然觉得热起来了。

"Sentimental, too sentimental!"

这样的叫了一声，把眼睛揩了一下，他反而自家笑着自家来。

"你也没有情人留在东京,你也没有弟兄知己住在东京,你的眼泪究竟是为谁洒的呀!或者是对于你过去的生活的伤感,或者是对你二年间的生活的余情,然而你平时不是说不爱东京的么?"

"唉,一年人住岂无情。"

"黄莺住久浑相识,欲别频啼四五声!"

胡思乱想的寻思了一会,他又忽然想到初次赴新大陆去的清教徒的身上去。

"那些十字架下的流人,离开他故乡海岸的时候,大约也是悲壮淋漓,同我一样的。"

火车过了横滨,他的感情方才渐渐儿的平静起来。呆呆的坐了一忽,他就取了一张明信片出来,垫在海涅(Heine)的诗集上,用铅笔写了一首诗寄给他东京的朋友。

> 蛾眉月上柳梢初,又向天涯别故居。
> 四壁旗亭争赌酒,六街灯火远随车。
> 乱离年少无多泪,行李家贫只旧书。
> 夜后芦根秋水长,凭君南浦觅双鱼。

在朦胧的电灯光里,静悄悄的坐了一会,他又把海涅的诗集翻开来看了。

> Lebet Wohl, ihr glatten Saele,
>
> Glatte Herren, glatte Frauen!
>
> Auf die Berge Will ich steigen,
>
> Lachend auf euch niederschauen!
>
> Heine's *Harzreise*

浮薄的尘寰,

无情的男女,

你看那隐隐的青山,

我欲乘风飞去,

且住且住,

我将从那绝顶的高峰,

笑看你终归何处。

单调的轮声,一声声连连续续的飞到他的耳膜上来,不上三十分钟他竟被这催眠的车轮声引诱到梦幻的仙境里去了。

早晨五点钟的时候,天空渐渐儿的明亮起来。在车窗里向外一望,他只见一线青天还被夜色包住在那里。探头出去一看,一层薄雾，笼罩着一幅天然的画图，他心里想了一想：

"原来今天又是清秋的好天气，我的福分真可算不薄了。"

过了一个钟头。火车就到了N市的停车场。

下了火车，在车站上遇见了一个日本学生；他看看那学生的制帽上也有两条白线，便知道他也是高等学校的学生。他走上前去，对那学生脱了一脱帽，问他说：

"第X高等学校是在什么地方的？"

那学生回答说：

"我们一路去吧。"

他就跟了那学生跑出火车站来，在火车站的前头，乘了电车。

早晨还早得很，N市的店家都还未曾起来。他同那日本学生坐了电车，经过了几条冷清的街巷，就在鹤舞公园前面下了车。他问那日本学生说：

"学校还远得很么？"

"还有二里多路。"

穿过了公园，走到稻田中间的细路上的时候，他看看太阳已经起来了。稻上的露滴，还同明珠似的挂在那里。前面有一丛树林，树林荫里，疏疏落落的看得见几椽农舍。有两三条烟囱筒子，突出在农舍的上面，隐隐约约的浮在清晨的空气里。一缕两缕的青烟，同炉香似的在那里浮动,他知道农家已在那里炊早饭了。

到学校近边的一家旅馆去一问,他一礼拜前头寄出的几件行李,早已经到在那里。原来那一家人家是住过中国留学生的,所以主人待他也很殷勤。在那一家旅馆里住下了之后,他觉得前途好像有许多欢乐在那里等他的样子。

他的前途的希望,在第一天的晚上,就不得不被目前的实情嘲弄了。原来他的故里,也是一个小小的市镇。到了东京之后,在人山人海的中间,他虽然时常觉得孤独,然而东京的都市生活,同他幼时的习惯尚无十分龃龉的地方。如今到了这N市的乡下之后,他的旅馆,是一家孤立的人家,四面并无邻舍,左首门外便是一条如发的大道,前后都是稻田,西面是一方池水,并且因为学校还没有开课,别的学生还没有到来,这一间宽旷的旅馆里,只住了他一个客人。白天倒还可以支吾过去,一到了晚上,他开窗一望,四面都是沉沉的黑影,并且因N市的附近是一大平原,所以望眼连天,四面并无遮障之处,远远里有一点灯火,明灭无常,森然有些鬼气。天花板里,又有许多虫鼠,窸窣窣落的在那里争食。窗外有几株梧桐,微风动叶,咄咄的响得不已,因为他住在二层楼上,所以梧桐的叶颤声,近在他的耳边。他觉得害怕起来,几乎要哭出来了。他对于都市的怀乡病(Nostalgia)从未有比那一晚更甚的。

学校开了课,他朋友也渐渐儿的多起来。感受性非常强烈的他的性情,也同天空大地丛林野水融和了。不上半年,他竟变成了一个大自然的宠儿,一刻也离不了那天然的野趣了。

他的学校是在N市外,刚才说过N市的附近是一个大平原,所以四边的地平线,界限广大得很。那时候日本的工业还没有十分发达,人口也还没有增加得同目下一样,所以他的学校的近边,还多是丛林空地,小阜低冈。除了几家与学生做买卖的文房具店及菜馆之外,附近并没有居民。荒野的人间,只有几家为学生设的旅馆,同晓天的星影似的,散缀在麦田瓜地的中央。晚饭毕后,披了黑呢的缦斗(斗篷),拿了爱读的书,在迟迟不落的夕照中间,散步逍遥,是非常快乐的。他的田园趣味,大约也是在这 Idyllicy Wanderings 的中间养成的。

在生活竞争不十分猛烈,逍遥自在,同中古时代一样的时候;在风气纯良,不与市井小人同处,清闲雅淡的地方;过日子正如做梦一样。他到了N市之后,转瞬之间,已经有半年多了。

熏风日夜的吹来,草色渐渐儿的绿起来。旅馆近旁麦田里的麦穗,也一寸一寸的长起来了。草木虫鱼都化育起来,他的从始祖传来的苦闷也一日一日的增长起来,他每天早晨,在被窝里犯的罪恶,也一次一次的加起来了。

他本来是一个非常爱高尚洁净的人,然而一到了这邪念发生的时候,他的智力也无用了,他的良心也麻痹了,他从小服膺的"身体发肤不敢毁伤"的圣训,也不能顾全了。他犯了罪之后,每深自痛悔,切齿地说,下次总不再犯了,然而到了第二天的那个时候,种种幻想,又活泼泼的到他的眼前来。他平时所看见的"伊扶"的遗类,都赤裸裸的来引诱他。中年以后的妇人的形体,在他的脑里,比处女更有挑发他情动的地方。他苦闷一场,恶斗一场,终究不得不做她们的俘虏。这样的一次成了两次,两次之后,就成了习惯了。他犯罪之后,每到图书馆里去翻出医书来看,医书上都千篇一律地说,于身体最有害的就是这一种犯罪。从此之后,他的恐惧心也一天一天的增加起来了。有一天他不知道从什么地方得来的消息,好像是一本书上说,俄国近代文学的创设者 Gogol 也犯这一宗病,他到死竟没有改过来,他想到了郭歌里,心里就宽了一宽,因为这《死了的灵魂》的著者,也是同他一样的。然而这不过自家对自家的宽慰而已,他的胸里,总有一种非常的忧虑存在那里。

因为他是非常爱洁净的,所以他每天总要去洗澡一次,因为他是非常爱惜身体的,所以他每天总要去吃几个生鸡子和牛乳;然而他去洗澡或吃牛乳鸡子的时候,他总觉得惭愧得很,因为这都是他的犯罪的证据。

他觉得身体一天一天的衰弱起来，记忆力也一天一天的减退了。他又渐渐儿的生了一种怕见人面的心思，见了妇人女子的时候，他觉得更加难受。学校的教科书，他渐渐的嫌恶起来，法国自然派的小说，和中国那几本有名的诲淫小说，他念了又念，几乎记熟了。

有时候他忽然做出一首好诗来，他自家便喜欢得非常，以为他的脑力还没有破坏。那时候他每对着自家起誓说：

"我的脑力还可以使得，还能做得出这样的诗，我以后决不再犯罪了。过去的事实是没法，我以后总不再犯罪了。若从此自新，我的脑力，还是很可以的。"

然而一到了紧迫的时候，他的誓言又忘了。

每礼拜四五，或每月的二十六七的时候，他索性尽意的贪起欢来。他的心里想，自下礼拜一或下月初一起，我总不犯罪了。有时候正合到礼拜六或月底的晚上，去剃头洗澡去，以为这就是改过自新的记号，然而过几天他又不得不吃鸡子和牛乳了。

他的自责心同恐惧心，竟一日也不使他安闲，他的忧郁症也从此厉害起来了。这样的状态继续了一二个月，他的学校里就放了暑假。暑假的两个月内，他受的苦闷，更甚于平时；到了学校开课的时候，他的两颊的颧骨更高起来，他的青灰色的眼窝更大起来，他的一双灵活的瞳人，变了同死鱼的眼睛一样了。

五

秋天又到了。浩浩的苍空,一天一天的高起来。他的旅馆旁边的稻田,都带起黄金色来。朝夕的凉风,同刀也似地刺到人的心骨里去,大约秋冬的佳日,来也不远了。

一礼拜前的有一天午后,他拿了一本 Wordsworth 的诗集,在田塍路上逍遥漫步了半天。从那一天以后,他的循环性的忧郁症,尚未离他的身过。前几天在路上遇着的那两个女学生,常在他的脑里,不使他安静,想起那一天的事情,他还是一个人要红起脸来。

他近来无论上什么地方去,总觉得有坐立难安的样子。他上学校去的时候,觉得他的日本同学都似在那里排斥他。他的几个中国同学,也许久不去寻访了,因为去寻访了回来,他心里反觉得空虚。因为他的几个中国同学,怎么也不能理解他的心理。他去寻访的时候,总想得些同情回来的,然而到了那里,谈了几句之后,他又不得不自悔寻访错了。有时候和朋友讲得投机,他就任了一时的热意,把他的内外的生活都对朋友讲了出来,然而到了归途,他又自悔失言,心理的责备,倒反比不去访友的时候,更加厉害。他的几个中国朋友,因此都说他是染了神经病了。他听了这话之后,对了那几个中国同学，也同对日本学生一样，起了一种复仇的心。他同他的几个中国同学，一日一日的疏远起来。嗣后虽在路上，或在学校里遇见的时候，他同那几个中国同学，也不点头招呼。中国留学生开会的时候，他当然是不去出席的。因此他同他的几个同胞，竟宛然成了两家仇敌。

他的中国同学的里边，也有一个很奇怪的人，因为他自家的结婚有些道德上的罪恶，所以他专喜讲人家的丑事，以掩己之不善，说他是神经病，也是这一位同学说的。

他交游离绝之后，孤冷得几乎到将死的地步，幸而他住的旅馆里，还有一个主人的女儿，可以牵引他的心，否则他真只能自杀了。他旅馆的主人的女儿，今年正是十七岁，长方的脸儿，眼睛大得很，笑起来的时候，面上有两颗笑靥，嘴里有一颗金牙看得出来，因为她自家觉得她自家的笑容是非常可爱，所以她平时常在那里弄笑。

他心里虽然非常爱她，然而她送饭来或来替他铺被的时候，他总装出一种兀不可犯的样子来。他心里虽想对她讲几句话，然而一见了她，他总不能开口。她进他房里来的时候，他的呼吸竟急促到吐气不出的地步。他在她的面前实在是受苦不起了，所以近来她进他的房里来的时候，他每不得不跑出房外去。然而他思慕她的心情，却一天一天的浓厚起来。有一天礼拜六的晚上，旅馆里的学生，都上 N 市去行乐去了。他因为经济困难,所以吃了晚饭,上西面池上去走了一回,就回到旅舍里来枯坐。

回家来坐了一会,他觉得那空旷的二层楼上,只有他一个人在家。静悄悄地坐了半响,坐得不耐烦起来的时候,他又想跑出外面去。然而要跑出外面去,不得不由主人的房门口经过,因为主人和他女儿的房,就在大门的边上。他记得刚才进来的时候,主人和他的女儿正在那里吃饭。他一想到经过她面前的时候的苦楚,就把跑出外面去的心思丢了。

拿出了一本 G. Gissing 的小说来读了三四页之后,静寂的空气里,忽然传了几声刹刹的泼水声音过来。他静静儿的听了一听,呼吸又一霎时的急了起来,面色也涨红了。迟疑了一会,他就轻轻的开了房门,拖鞋也不拖,幽脚幽手的走下扶梯去。轻轻的开了便所的门,他尽兀自的站在便所的玻璃窗口偷看。原来他旅馆里的浴室,就在便所的间壁,从便所的玻璃窗里看去,浴室里的动静了了可见。他起初以为看一看就可以走的,然而到了一看之后,他竟同被钉子钉住的一样,动也不能动了。

那一双雪样的乳峰!

那一双肥白的大腿!

这全身的曲线!

呼气也不呼,仔仔细细地看了一会,他面上的筋肉,都发起痉挛来了。愈看愈颤得厉害,他那发颤的前额部竟同玻璃窗冲击了一下。被蒸气包住的那赤裸裸的"伊扶"便发了娇声问说:

"是谁呀?……"

他一声也不响,急忙跳出了便所,就三脚两步地跑上楼上去了。

他跑到了房里,面上同火烧的一样,口也干渴了。一边他自家打自家的嘴巴,一边就把他的被窝拿出来睡了。他在被窝里翻来覆去,总睡不着,便立起了两耳,听起楼下的动静来。他听听泼水的声音也息了,浴室的门开了之后,他听见她的脚步声好像是走上楼来的样子,用被包着了头,他心里的耳朵明明告诉他说:

"她已经立在门外了。"

他觉得全身的血液,都在往上奔注的样子。心里怕得非常,羞得非常,也喜欢得非常。然而若有人问他,他无论如何,总不肯承认说,这时候他是喜欢的。

他屏住了气息,尖着了两耳听了一会,觉得门外并无动静,又故意咳嗽了一声,门外亦无声响。他正在那里疑惑的时候,忽听见她的声音,在楼下同她的父亲在那里说话。他手里捏了一把冷汗,拼命想听出她的话来,然而无论如何总听不清楚。停了一会,她的父亲高声笑了起来,他把被蒙头的一罩,咬紧了牙齿说:

"她告诉了他了！她告诉了他了！"

这一天的晚上他一睡也不曾睡着。第二天的早晨，天亮的时候，他就惊心吊胆地走下楼来。洗了手面，刷了牙，趁主人和他的女儿还没有起来之先，他就同逃也似的出了那个旅馆，跑到外面来。

官道上的沙尘，染了朝露，还未曾干着。太阳已经起来了。他不问皂白，便一直的往东走去。远远有一个农夫，拖了一车野菜慢慢的走来。那农民同他擦过的时候，忽然对他说：

"你早啊！"

他倒惊了一跳，那清瘦的脸上，又起了一层红潮，胸前又乱跳起来，他心里想：

"难道这农夫也知道了么？"

无头无脑地跑了好久，他回转头来看看他的学校，已经远得很了，举头看看，太阳也升高了。他摸摸表看，那银饼大的表，也不在身边。从太阳的角度看起来，大约已经是九点钟前后的样子。他虽然觉得饥饿得很，然而无论如何，总不愿意再回到那旅馆里去，同主人和他的女儿相见。想去买些零食充一充饥，然而他摸摸自家的袋看，袋里只剩了一角二分钱在那里。他到一家乡下的杂货店内，尽那一角二分钱，买了些零碎的食物，想去寻一处无人看见的地方去吃。走到了一处两路交叉的十字路口，他朝南的一望，只见与他的去路横交的那一条自北趋南的路上,行人稀少得很。那一条路是向南的斜低下去的,两面更有高壁在那里,他知道这路是从一条小山中开辟出来的。他刚才走来的那条大道,便是这山的岭脊,十字路当作了中心,与岭脊上的那条大道相交的横路,是两边低斜下去的。在十字路口迟疑了一会,他就取了那一条向南斜下的路走去。走尽了两面的高壁,他的去路就穿入大平原去,直通到彼岸的市内。平原的彼岸有一簇深林,划在碧空的心里,他心里想:

"这大约就是 A 神宫了。"

他走尽了两面的高壁,向左手斜面上一望,见沿高壁的那山面上有一道女墙,围住着几间茅舍,茅舍的门上悬着了"香雪海"三字的一方匾额。他离开了正路,走上几步,到那女墙的门前,顺手的向门一推,那两扇柴门竟自开了。他就随随便便地踏了进去。门内有一条曲径,自门口通过了斜面,直达到山上去的。曲径的两旁,有许多苍老的梅树种在那里,他知道这就是梅林了。顺了那一条曲径,往北的从斜面上走到山顶的时候,一片同图画似的平地,展开在他的眼前。这园自从山脚上起,跨有朝南的半山斜面,同顶上的一块平地,布置得非常幽雅。

山顶平地的西面是千仞的绝壁,与隔岸的绝壁相对峙,两壁的中间,便是他刚走过的那一条自北趋南的通路。背临着了那绝壁,有一间楼屋，几间平屋造在那里。因为这几间屋，门窗都闭在那里，他所以知道这定是为梅花开日，卖酒食用的。楼屋的前面，有一块草地，草地中间，有几方白石，围成了一个花园，圈子里，卧着一枝老梅，那草地的南尽头，山顶的平地正要向南斜下去的地方，有一块石碑立在那里，系记这梅林的历史的。他在碑前的草地上坐下之后，就把买来的零食拿出来吃了。

吃了之后，他兀兀的在草地上坐了一会。四面并无人声，远远的树枝上，时有一声两声的鸟鸣声飞来。他仰起头来看看澄清的碧落，同那皎洁的日轮，觉得四面的树枝房屋，小草飞禽，都一样的在和平的太阳光里，受大自然的化育。他那昨天晚上的犯罪的记忆，正同远海的帆影一般，不知消失到哪里去了。

这梅林的平地上和斜面上，叉来叉去的曲径很多。他站起来走来走去的走了一会，方晓得斜面上梅树的中间，更有一间平屋造在那里。从这一间房屋往东的走去几步，有眼古井，埋在松叶堆中。他摇摇柄上的唧筒看，呷呷的响了几声，却抽不起水来。他心里想：

"这园大约只有梅花开的时候，开放一下，平时总没有人住的。"

想到这里他又自言自语地说：

"既然空在这里，我何妨去问园主人去借住借住。"

想定了主意，他就跑下山来，打算去寻园主人去。他将走到门

口的时候,恰好遇见了一个五十来岁的农夫走进园来。他对那农夫道歉之后,就问他说:

"这园是谁的,你可知道?"

"这园是我经管的。"

"你住在什么地方的?"

"我住在路的那面。"

一边这样的说,一边那农民指着通路两边的一间小屋给他看。他向西一看,果然在两边的高壁尽头的地方,有一间小屋在那里。他点了点头,又问说:

"你可以把园内的那间楼屋租给我住住么?"

"可是可以的,你只一个人么?"

"我只一个人。"

"那你可不必搬来的。"

"这是什么缘故呢?"

"你们学校里的学生,已经有几次搬来过了,大约都因为冷静不过,住不上十天,就搬走的。"

"我可同别人不同,你但能租给我,我是不怕冷静的。"

"这样哪里有不租的道理,你想什么时候搬来?"

"就是今天午后吧。"

"可以的,可以的。"

"请你就替我扫一扫干净,免得搬来之后着忙。"

"可以可以。再会!"

"再会!"

六

搬进了山上梅园之后,他的忧郁症(Hypochondria)又变起形状来了。

他同他的北京的长兄,为了一些儿细事,竟生起龃龉来。他发了一封长长的信,寄到北京,同他的长兄绝了交。

那一封信发出之后,他呆呆的在楼前草地上想了许多时候。他自家想想看,他便是世界上最不幸的人了。其实这一次的决裂,是发始于他的。同室操戈,事更甚于他姓之相争,自此之后,他恨他的长兄竟同蛇蝎一样。他被他人欺侮的时候,每把他长兄拿出来作比:

"自家的弟兄,尚且如此,何况他人呢!"

他每达到这一个结论的时候,必尽把他长兄待他苛刻的事情,细细回想出来。把各种过去的事迹,列举出来之后,就把他长兄判决是一个恶人,他自家是一个善人。他又把自家的好处列举出来,把他所受的苦处,夸大的细数起来。他证明得自家是一个世界上最苦的人的时候,他的眼泪就同瀑布似的流下来。他在那里哭的时候,空中好像有一种柔和的声音在对他说:

"啊呀,哭的是你么?那真是冤屈了你了。像你这样的善人,受世人的那样的虐待,这可真是冤屈了你了。罢了罢了,这也是天命,你别再哭了,怕伤害了你的身体!"

他心里一听到这一种声音,就舒畅起来。他觉得悲苦的中间,也有无穷的甘味在那里。

他因为想复他长兄的仇,所以就把所学的医科丢弃了,改入文科里去。他的意思,以为医科是他长兄要他改的,仍旧改回文科,就是对他长兄宣战的一种明示。并且他由医科改入文科,在高等学校须迟卒业一年。他心里想,迟卒业一年,就是早死一岁,你若因此迟了一年,就到死可以对你长兄含一种敌意。因为他恐怕一二年之后,他们兄弟两人的感情,仍旧要和好起来;所以这一次的转科,便是帮他永久敌视他长兄的一个手段。

气候渐渐儿的寒冷起来,他搬上山来之后,已经有一个月了。几日来天气阴郁,灰色的层云,天天挂在空中。寒冷的北风吹来的时候,梅林的树叶,每窸窸窣窣的飞掉下来。

初搬来的时候,他卖了些旧书,买了许多炊饭的器具,自家烧了一个月饭,因为天冷了,他也懒得烧了。他每天的伙食,就一切包给了山脚下的园丁家包办,所以他近来只同退院的闲僧一样,除了怨人骂己之外,更没别的事情了。

有一天早晨,他侵早的起来,把朝东的窗门开了之后,他看见前面的地平线上有几缕红云,在那里浮荡。东天半角,反照出一种银红的灰色。因为昨天下了一天微雨,所以他看了这清新的旭日,比平日更添了几分欢喜。他走到山的斜面上,从那古井里汲了水,洗了手面之后,觉得满身的气力,一霎时都回复了转来的样子。他便跑上楼去,拿了一本黄仲则的诗集下来,一边高声朗读,一边尽在那梅林的曲径里,跑来跑去的跑圈子。不多一会,太阳起来了。

从他住的山顶向南方看去,眼下看得出一大平原。平原里的稻田,都尚未收割起。金黄的谷色,以绀碧的天空作了背景,反映着一天太阳的晨光,那风景正同看密来(Millet)的田园清画一般。他觉得自家好像已经变了几千年前的原始基督教徒的样子,对了这自然的默示,他不觉笑起自家的气量狭小起来。

"饶赦了!饶赦了!你们世人得罪于我的地方,我都饶赦了你们吧,来,你们来,都来同我讲和吧!"

手里拿着了那一本诗集,眼里浮着了两泓清泪,正对了那平原的秋色，呆呆的立在那里想这些事情的时候，他忽听见他的近边，有两人在那里低声地说：

"今晚上你一定要来的哩！"

这分明是男子的声音。

"我是非常想来的，但是恐怕……"

他听了这娇滴滴的女子的声音之后，好像是被电气贯穿了的样子，觉得自家的血液循环都停止了。原来他的身边有一丛长大的苇草生在那里，他立在苇草的右面，那一男女，大约是在苇草的左面，所以他们两个还不晓得隔着苇草，有人站在那里。那男人又说：

"你心真好，请你今晚来吧，我们到如今还没在被窝里睡过觉。"

"……"

他忽然听见两人的嘴唇，灼灼的好像在那里吮吸的样子。他同偷了食的野狗一样，就惊心吊胆的把身子屈倒去听了。

"你去死吧，你去死吧，你怎么会下流到这样的地步！"

他心里虽然如此的在那里痛骂自己，然而他那一双尖着的耳朵，却一言半语也不愿意遗漏，用了全副精神在那里听着。

地上的落叶窸窣窸窣的响了一下。

解衣带的声音。

男人嘶嘶的吐了几口气。

舌尖吮吸的声音。

女人半轻半重,断断续续地说:

"你!……你你!……你快……快××吧。……别……别……别被人……被人看见了。"

他的面色,一霎时的变了灰色了。他的眼睛同火也似的红了起来。他的上颚骨同下颚骨呷呷的发起颤来。他再也站不住了。他想跑开去,但是他的两只脚,总不听他的话,他苦闷了一场,听听两人出去了之后,就同落水的猫狗一样,回到楼上房里去,拿出被窝来睡了。

七

他饭也不吃,一直在被窝里睡到午后四点钟的时候才起来。那时候夕阳洒满了远近。平原的彼岸的树林里,有一带苍烟,悠悠扬扬的笼罩在那里。他踉踉跄跄地走下了山,上了那一条自北趋南的大道,穿过了那平原,无头无绪的尽是向南的走去。走尽了平原,他已经到了神宫前的电车停留处了。那时候恰好从南面有一乘电车到来,他不知不觉就跳了上去,既不知道他究竟为什么要乘电车,也不知道这电车是往什么地方去的。

走了十五六分钟,电车停了,开车的教他换车,他就换了一乘车。走了二三十分钟,电车又停了,他听见说是终点了,他就走了下来。他的面前就是筑港了。

前面一片汪洋的大海,横在午后的太阳光里,在那里微笑。超海而南有一发青山,隐隐的浮在透明的空气里。西边是一脉长堤,直驰到海湾的心里去。堤外有一处灯台,同巨人似的,立在那里。几艘空船和几只舢板,轻轻的在系着的地方浮荡。海中近岸的地方,有许多浮标,饱受了斜阳,红红的浮在那里。远处风来,带着几句单调的话声,既听不清楚是什么话,也不知道是从哪里来的。

他在岸边上走来走去走了一会,忽听见那一边传过了一阵击磬的声来。他跑过去一看,原来是为唤渡船而发的。他立了一会,看有一只小火轮从对岸过来了。跟着了一个四五十岁的工人,他也进了那只小火轮去坐下了。

渡到东岸之后,上前走了几步,他看见靠岸有一家大庄子在那里。大门开得很大,庭内的假山花草,布置得楚楚可爱。他不问是非,就踱了进去。走不上几步,他忽听得前面家中有女人的娇声叫他说:

"请进来呀!"

他不觉惊了一下,就呆呆的站住了。他心里想:

"这大约就是卖酒食的人家，但是我听见说，这样的地方，总有妓女在那里的。"

一想到这里，他的精神就抖擞起来，好像是一桶冷水浇上身来的样子。他的面色立时变了。要想进去又不能进去，要想出来又不得出来；可怜他那同兔儿似的小胆，同猿猴似的淫心，竟把他陷到一个大大的难境里去了。

"进来呀！请进来呀！"里面又娇滴滴的叫了起来，带着笑声。

"可恶东西，你们竟敢欺我胆小么？"

这样的怒了一下，他的面色更同火也似的烧了起来。咬紧了牙齿，把脚在地上轻轻的蹬了一蹬，他就捏了两个拳头，向前进去，好像是对了那几个年轻的侍女宣战的样子。但是他那青一阵红一阵的面色，和他的面上的微微儿在那里震动的筋肉，总隐藏不过。他走到那几个侍女的面前的时候，几乎要同小孩似的哭出来了。

"请上来！"

"请上来！"

他硬了头皮，跟了一个十七八岁的侍女走上楼去，那时候他的精神已经有些镇静下来了。走了几步，经过一条暗暗的夹道的时候，一阵恼人的花粉香气，同日本女人特有的一种肉的香味，和头发上的香油气息合作了一处，哼的扑上他的鼻孔来。他立刻觉得头晕起来，眼睛里看见了几颗火星，向后边跌也似的退了一步。他再定睛一看，只见他的前面黑暗暗的中间，有一长圆形的女人的粉面，堆着了微笑，在那里问他说：

"你！你还是上靠海的地方去呢？还是怎样？"

他觉得女人口里吐出来的气息，也热和和的喷上他的面来。他不知不觉把这气息深深的吸了一口。他的意识，感觉到他这行为的时候，他的面色又立刻红了起来。他不得已只能含含糊糊的答应她说：

"上靠海的房间里去。"

进了一间靠海的小房间，那侍女便问他要什么菜。他就回答说：

"随便拿几样来吧。"

"酒要不要？"

"要的。"

那侍女出去之后，他就站起来推开了纸窗，从外边放了一阵空气进来。因为房里的空气，沉浊得很，他刚才在夹道中闻过的那一阵女人的香味，还剩在那里，他实在是被这一阵气味压迫不过了。

一湾大海，静静的浮在他的面前。外边好像是起了微风的样子，一片一片的海浪，受了阳光的返照，同金鱼的鱼鳞似的，在那里微动。他立在窗前看了一会，低声的吟了一句诗出来：

"夕阳红上海边楼。"

他向西的一望，见太阳离西南的地平线只有一丈多高了。呆呆地看了一会，他的心思怎么也离不开刚才的那个侍女。她的口里的头上的面上的和身体上的那一种香味，怎么也不容他的心思去想别的东西。他才知道他想吟诗的心是假的，想女人的肉体的心是真的了。

停了一会，那侍女把酒菜搬了进来，跪坐在他的面前，亲亲热热的替他上酒。他心里想仔仔细细的看她一看，把他的心里的苦闷都告诉了她，然而他的眼睛怎么也不敢平视她一眼，他的舌根怎么也不能摇动一摇动。他不过同哑子一样，偷看看她那搁在膝上一双纤嫩的白手，同衣缝里露出来的一条粉红的围裙角。

原来日本的妇人都不穿裤子，身上贴肉只围着一条短短的围裙。外边就是一件长袖的衣服，衣服上也没有纽扣，腰里只缚着一条一尺多宽的带子，后面结着一个方结。她们走路的时候，前面的衣服每一步一步的掀开来，所以红色的围裙，同肥白的腿肉，每能偷看。这是日本女子特别的美处；他在路上遇见女子的时候，注意的就是这些地方。他切齿地痛骂自己，畜生！狗贼！卑怯的人！也便是这个时候。

他看了那侍女的围裙角,心里便乱跳起来。愈想同她说话,他愈觉得讲不出话来。大约那侍女是看得不耐烦起来了,便轻轻的问他说:

"你府上是什么地方?"

一听了这一句话,他那清瘦苍白的面上,又起了一层红色;含含糊糊的回答了一声,他讷讷的总说不出清晰的回话来。可怜他又站在断头台上了。

原来日本人轻视中国人,同我们轻视猪狗一样。日本人都叫中国人作"支那人",这"支那人"三字,在日本,比我们骂人的"贱贼"还更难听,如今在一个如花的少女前头,他不得不自认说"我是支那人"了。

"中国呀中国,你怎么不强大起来!"

他全身发起抖来,他的眼泪又快滚下来了。

那侍女看他发颤发得厉害,就想让他一个人在那里喝酒,好教他把精神安镇安镇,所以对他说:

"酒就快没有了,我再去拿一瓶来吧。"

停了一会他听得那侍女的脚步声又走上楼来。他以为她是上他这里来的,所以就把衣服整了一整,姿势改了一改。但是他被她欺

骗了。她原来是领了两三个另外的客人,上间壁的那一间房间里去的。那两三个客人都在那里对那侍女取笑,那侍女也娇滴滴地说:

"别胡闹了,间壁还有客人在那里。"

他听了就立刻发起怒来。他心里骂他们说:

"狗才!俗物!你们都敢来欺侮我么?复仇复仇,我总要复你们的仇。世间哪里有真心的女子!那侍女的负心东西,你竟敢把我丢了么?罢了罢了,我再也不爱女人了,我再也不爱女人了。我就爱我的祖国,我就把我的祖国当作了情人吧。"

他马上就想跑回去发愤用功。但是他的心里,却很羡慕那间壁的几个俗物。他的心里,还有一处地方在那里盼望那个侍女再回到他这里来。

他按住了怒,默默地喝干了几杯酒,觉得身上热起来。打开了窗门,他看太阳就快要下山去了。又连饮了几杯,他觉得他面前的海景都朦胧起来。西面堤外的灯台的黑影,长大了许多。一层茫茫的薄雾,把海天融混作了一处。在这一层混沌不明的薄纱影里,西方的将落不落的太阳,好像在那里惜别的样子。他看了一会,不知道是什么缘故,只觉得好笑。呵呵的笑了一回,他用手擦擦自家那火热的双颊,便自言自语地说:

"醉了醉了!"

那侍女果然进来了。见他红了脸,立在窗口在那里痴笑,便问他说:

"窗开了这样大,你不冷的么?"

"不冷不冷,这样好的落照,谁舍得不看呢?"

"你真是一个诗人呀!酒拿来了。"

"诗人!我本来是一个诗人。你去把纸笔拿了来,我马上写首诗给你看看。"

那侍女出去了之后,他自家觉得奇怪起来。他心里想:

"我怎么会变了这样大胆的?"

痛饮了几杯新拿来的热酒,他更觉得快活起来,又禁不得呵呵笑了一阵。他听见间壁房间里的那几个俗物,高声的唱起日本歌来,他也放大了嗓子唱着说:

醉拍阑干酒意寒,江湖寥落又冬残。

剧怜鹦鹉中州骨,未拜长沙大傅官。

一饭千金图报易,几人五噫出关难。

茫茫烟水回头望,也为神州泪暗弹。

高声地念了几遍,他就在席上醉倒了。

八

一醉醒来,他看看自家睡在一条红绸的被里,被上有一种奇怪的香气。这一间房间也不很大,但已不是白天的那一间房间了。房中挂着一盏十烛光的电灯,枕头边上摆着了一壶茶,两只杯子。他倒了二三杯茶,喝了之后,就踉踉跄跄地走到房外去。他开了门,恰好白天的那侍女也跑过来了。她问他说:

"你!你醒了么?"

他点了一点头,笑微微地回答说:

"醒了。便所是在什么地方的?"

"我领你去吧。"

他就跟了她去。他走过日间的那条夹道的时候,电灯点得明亮得很。远近有许多歌唱的声音,三弦的声音,大笑的声音传到他的耳朵里来。白天的情节,他都想出来了。一想到酒醉之后,他对那侍女说的那些话的时候,他觉得面上又发起烧来。

从厕所回到房里之后,他问那侍女说:

"这被是你的么?"

侍女笑着说:

"是的。"

"现在是什么时候了?"

"大约是八点四五十分的样子。"

"你去开了帐来吧!"

"是。"

他付清了帐,又拿了一张纸币给那侍女,他的手不觉微颤起来。那侍女说:

"我是不要的。"

他知道她是嫌少了。他的面色又涨红了,袋里摸来摸去,只有一张纸币了,他就拿了出来给她说:

"你别嫌少了,请你收了吧。"

他的手震动得更加厉害,他的话声也颤动起来了。那侍女对他看了一眼,就低声地说:

"谢谢!"

他一直地跑下了楼,套上了皮鞋,就走到外面来。

外面冷得非常,这一天大约是旧历的初八九的样子。半轮寒月,高挂在天空的左半边。淡青的圆形天盖里,也有几点疏星,散在那里。

他在海边上走了一回,看看远岸的渔灯,同鬼火似的在那里招引他。细浪中间,映着了银色的月光,好像是山鬼的眼波,在那里开闭的样子。不知是什么道理,他忽想跳入海里去死了。

他摸摸身边看,乘电车的钱也没有了。想想白天的事情看,他又不得不痛骂自己。

"我怎么会走上那样的地方去的?我已经变了一个最下等的人了。悔也无及,悔也无及。我就在这里死了吧。我所求的爱情,大约是求不到的了。没有爱情的生涯,岂不同死灰一样么?唉,这干燥的生涯,这干燥的生涯,世上的人又都在那里仇视我,欺侮我,连我自家的亲弟兄,自家的手足,都在那里排挤我到这世界外去。我将何以为生,我又何必生存在这多苦的世界里呢!"

想到这里,他的眼泪就连连续续的滴了下来。他那灰白的面色,竟同死人没有分别了。他也不举起手来揩揩眼泪,月光射到他的面上,两条泪线,倒变了叶上的朝露一样放起光来。他回转头来,看看他自家的那又瘦又长的影子,就觉得心痛起来。

"可怜你这清影,跟了我二十一年,如今这大海就是你的葬身地了。我的身子,虽然被人家欺辱,我可不该累你也瘦弱到这步田地的。影子呀影子,你饶了我吧!"

他向西面一看,那灯台的光,一霎变了红一霎变了绿的在那里尽它的本职。那绿的光射到海面上的时候,海面就现出一条淡青的路来。再向西天一看,他只见西方青苍苍的天底下,有一颗明星,在那里摇动。

"那一颗摇摇不定的明星的底下,就是我的故国,也就是我的生地。我在那一颗星的底下,也曾送过十八个秋冬,我的乡土呵,我如今再也不能见你的面了。"

他一边走着,一边尽在那里自伤自悼的想这些伤心的哀话。走了一会,再向那西方的明星看了一眼,他的眼泪便同骤雨似的落下来了。他觉得四边的景物,都模糊起来。把眼泪揩了一下,立住了脚,长叹了一声,他便断断续续地说:

"祖国呀祖国!我的死是你害我的!

"你快富起来!强起来吧!

"你还有许多儿女在那里受苦呢!"

1921年5月9日改作

胃　病[*]

人到了中年，就有许多哀感生出来。中年人到了病里，又有许多悲苦，横空的堆上心来。我这几天来愁闷极了，中国的国事，糟得同乱麻一样，中国人的心里，都不能不抱一种哀想。前几天我的家里又来了一封信，我新娶的女人，为了一些儿细事，竟被我母亲逼出了家，逃到工场去作女工去了。像这样没有趣味的生涯，谁愿意再挨忍过去？数日前的痛饮，实有难诉的苦衷在那儿，我到现在才知道信陵君的用心苦了。

连接的痛饮了几场，胸中觉得渐渐儿隐痛起来。五月二十八日，

---

[*] 本篇于1921年《平民》周刊第74期至第77期上发表时，题为《友情与胃病》。1927年收入《达夫全集》第2卷《鸡肋集》时，改题为《胃病》。

吃过午膳之后,腹中忽然一阵一阵的发起剧痛来。到了午后三时,体热竟增到了四十一度。四年前发肠窒扶斯的时候,病症正同现在一样,我以为肠窒扶斯又发作了。肠窒扶斯的再发是死症,我觉得我的面同死神的面已经贴着了。死也没有什么可怕,只是我新娶的女人未免太苦一点儿。伊是我的一个牺牲(其实是过渡时代的一个牺牲),可怜伊空待了我二十三年,如今又不得不做寡妇了!我知道伊是一个旧思想家,我死之后,伊定不肯改嫁的,我死之后,教伊怎样过活呢?想到这里,我也觉得有些凄凉。

我也是一个梦想家,我也是一个可怜的悲喜剧者,我头朝着了天花板,脑里想出了许多可怜的光景来。遗言也写了;朋友对我的嘱别,我对朋友的苦语也讲了;我所有的旧书都一本一本的分送给我的朋友;我的英国朋友,到我床前来的时候,我就把 Max Beerbohm 的 *Happy Hypocrite*(《幸福的伪善者》),送给了他,我看他看了这书名,面上好像有些过不下去的样子,因为他是一个牧师;最后的一场光景,就是青会馆内替我设的一场追悼大会。我的许多朋友,虽然平日在那里说我的坏话,暗中在那里设法害我的人,到了这个时候,也装起一副愁苦的容貌来,说:

"某君是怎么好怎么好的一个人,他同我有怎么怎么的交情,待人怎么怎么的宽和,学问怎么怎么的深博……他正是个大天才……"

啊啊，你这位先生，你平时能少骂我几句就好了!

想到这里我竟把我的病忘了，我反想起世情的浮薄来。唉! 人心不古，我想到了最后的这一场光景，就不得不学贾长沙的放声长叹：

"世人呀世人! 你们究竟是在那里做戏呢，还是怎么?"

午后四点钟的时候，热度有高无退，我心里也害怕起来，就托同客寓的同学S君和W君打电话到各处医院去问讯。各处医院都回答说：

"今天是礼拜六，不看病了。明天是礼拜日，也不看病的。"

S君和W君着了急，又问他们说：

"若患急病便怎么? 难道你们竟坐视他病死不成?"

"那也没有法子的，病人若在今明两天之内危笃起来，只能由他死的。你可知道我们病院的规则同国家的法律一样，说礼拜六的午后和礼拜日不诊病，无论人要死要活，总是不诊病的，谁教他不择个日子生病呢?"

"……"

S君和W君想和他辩驳的时候，他却早把电话器挂上走了。

唉，这就是医生的声气!

无论病人要死要活，说到不诊病，总是不诊病的!

到了晚上，我的热才凉退下去，有几个学医的朋友，都来看我，我觉得感谢得很。病在客中，若没有朋友来和我谈谈，教我如何堪此寂寞哟！

晚上又睡不着，开了两眼，对了黄黄的电灯光，我想出了许多事迹来。听打了十二点钟，我才微微的入睡。

第二天早晨一早醒来，太阳的光线，已经射进我的房里来了。我的房间是在三层楼上的，所以一开眼，我就能知道天气的晴雨。春天也已经剩了不多几日了，像这样的佳日，我却不能出去游玩，天呀天呀，你待我何以这样的酷烈！

开了眼想了一会，我觉得终究不能好好的安睡，我就打定了主意，起到床外来了。开了北窗一望，一片晴天，同秋天的苍空一样，看得人喜欢起来。下楼去洗面的时候，我觉得头昏得很，好像是从棺材里刚才出来的样子，这大约是一天不食什么东西的缘故。

午前九点钟的时候，同学的Y君来邀我到郊外去散步，我很愿意和他同去，但是同寓的W君，却不许我去，我也只得罢了。他们出去了之后，我觉得冷寂得不堪，就跑上教会堂去，因为今天是礼拜日。

十二点钟我才回到客寓里来，饭也不吃，就拿出被窝来睡了。睡到了晚上，什么也不想吃，体热也不增加起来，我以为病已经好了。

这才是我这一次胃病的 prologue（序曲）呀！

睡到了九点钟，我觉得有些饥饿起来，一边我想太不食烟火食，恐怕于身体有大损害；所以我就跑到中国菜馆里去吃馄饨去，因为我想猪肉是有益于身体的。

我的病因就在这里了！

五月三十日的早晨，天上也没有太阳出来，黄梅时节特有的一层灰色的湿云，竟把青天遮盖尽了。

我早晨起来，胸中就觉得有些难受，头痛隐隐的发作起来，走路的时候好像是头重脚轻的样子，我知道有些危险了。早饭的时候，我要了两瓶牛乳，虽然不想吃，然而因为身体亏损不起，所以就勉强吞了下去。

九点钟敲过了。我胸口里愈加觉得难受，就请同寓的 W 君同我到神田的 K 病院去诊病。在诊察室外等了两个钟头，主任医生 K 博士才来诊病。K 博士也不能确定说我是什么病，但是他说：

"你进病院来吧，今天午后恐怕体热要增高起来。"

我在那里诊病的时候，W 君却在那里做梦。

我们初进病院的时候，看见有一个十九岁的女子也在那里候诊。

伊好像是知道 K 博士的身价似的，手里拿了一本《宝石的梦》，尽在那里贪读。我和 W 君一见了伊的分开的头发，发后的八字形的丽绷，不淡不浓的粉饰，水晶似的一双瞳仁，就被伊迷住了。挂了号，写完了名姓，我们就老了面皮，挨到伊的身边去坐下来。W 君的那一双同狂犬似的眼光，尽管一阵一阵的向伊发射。等了一个钟头，我已经有些不耐烦了，因为 K 博士还没有来，我的胸口却一刻一刻的痛起来。我打算再等十五分钟，若是 K 博士还是不来，我就想走了。W 君向窗外一望，忽然嗤地笑了一声，就拼命的推我，教我向窗外望去。我听了 W 君的话，向窗外一望，只见对面的人家楼上，有一个廿一二岁的女子脱去了衣服，赤裸裸的坐在窗口梳妆。伊那肥胖的肉体上，射着了一层淡黄色的太阳光线，我知道一处灰色的湿云，被太阳穿破了。我看了一眼，也不得不笑起来，就对 W 君说：

"伊大约是在那里试日光浴。"

我们间壁的那一个贪《宝石的梦》的女子，也已经看见了，听了我这句话，就对我们笑起来。不多一会，看护妇就叫我进去，我就去受诊了。

过了一个钟头，我出了诊察室，回到 W 君处来的时候，看见 W 君的面色，有些红热的样子。我对他说：

"我不得不进病院了!"

W君支吾了几句,却很有些不安的表情。我正在那里惊异的时候,那一个《宝石的梦》的女子,就走了过来对W君弯了一弯腰,走下楼去了,因为胃肠病的诊察室是在楼上的。

六月的初一,我进病院的第三天,我的病势减退了。大小便的时候,我已经能站立起来,可是还不想吃什么东西。

和看护妇讲话,也觉没得趣得很,我就拿出亨利(William Ernest Henley)的诗集来读。亨利也是一个薄命的诗人,一八七三到一八七五年间,他的有名的诗集《在病院内》(*In Hospital*)著成之后,他找来找去连一个出版的书坊也找不着。好容易出版之后,又招了许多批评家的冷嘲热骂。唉,文人的悲剧,谁不曾演过。年轻的Keats呀!多情的白衣郎Byron呀!可怜的Chattertton呀!Alexander Smith!Kirke White!Leopardi!你们的同云雀似的生命,都伤在那些文学政治家的手里的呀!

我和亨利的第一次接触,是在高等学校时代。那时候我正在热心研究彭思(Burns)的诗。我所有的彭思的诗集(*Poetical Works of Robert Burns*)就是这一位亨利先生印行的。我读了他的卷头的彭思评传,就知道他是一个有同情有识见的批评家。后来在旧书铺里买了他的诗集,开卷就是他那有名的《病院内杂感》。平时我也不是常去读它的,四年前患了肠窒扶斯,进病院住了一个多月,在病院的雪白的床上,重新把他的 *In Hospital* 翻开来一读,我才感得他的叙情叙景的切实。我一边翻开亨利的诗集来读,一边就把过去的种种事情想了出来。他的诗的第一首说:

入院的患者

清晨的雾露,还在石头铺砌的街上流荡着;北方的夏天的空气凉冷得很;

看呀,那一天灰色的,清静的,旧的病院!在这一个病院里"生"和"死"如亲友一般在那里做买卖!

在那冷寂宽阔的空间,在那荒凉的阴气里,

有一个小小的奇怪的孩儿(在那里走)——伊的容貌也好像是很老的人,也好像是很幼的人——

伊有只小小的手膊是用木片夹裹着悬挂在胸前,伊在我的前头,走上候诊室里去。

我跛行在伊的后边,我的勇气已经消灭了。那头发灰白的老兵门房挥手教我进去,

我就爬了进去,但是我的勇气还没有回复;一种悲凉的虚无的空气,

好像是在这些石头和铁的廊庑扶梯的中间流动着。

这冷酷的,荒凉无饰的,洁净的地方——一半儿是的工场一半儿是的牢监。

我最爱他集里的《解放》和《亡灵》两首。《亡灵》里面有司梯文生(Robert Louis Stevenson)的容貌形容在那里。

看了五六十分钟,我觉得疲倦起来,就睡着了。到了晚上,我才吃了一块面包和一瓶牛乳。W君又来看我,我和他谈了几分钟。他就去了。

初二的午前十一点钟的时候,W君红了脸跳进我的病室来看我。起初我和他讲话,他尽在那里看窗外的梧桐,后来我问他说:

"今天是第四天了,你往外来患者的诊察室里去寻过没有?"

他尽是吞吞吐吐的在那里出神。连接的吸了几枝香烟之后,他忽然对我说:

"我想自杀倒好!"

"为什么呢?"

"那一个女子真可以使人想死!"

"你又遇着了么?"

"今天不是第四天了么?我一早起来就跑上候诊室的外面去候

着。不上一点多钟,伊果然来了。伊起初假装不看见我的样子。后来伊去挂了号出来的时候,我就挨上前去和伊行礼。伊那粉白的脸色立时红了起来。对我笑了一脸,伊就来同我坐着。我们讲了许多的话,伊把伊的家庭的细事,都对我讲了。后来伊又拿出一本书来看。我伸手出去要伊那一本书看的时候,伊把书收了,执意的不给我看,后来伊却好好儿的递给了我,你猜那一本是什么书?是《爱情和死》呀!你看伊多热烈。唉,真了不得,真了不得。我和伊讲了些文学上的话,伊好像是怕我们大学生学问深博的样子,却不愿意同我讲学问上的话。唉,那一种软和和的声音是讲不出来的!伊今天穿的衣服更美丽了。那一种香气,那一种香气。啊呀,我真在这里做梦呀!我们讲了两个钟头的话,却只同五分钟一样,要是有一位菩萨,能把我们在一块儿的时间延长延长,那我就死了也甘心的。我第一次见了伊之后,每日就坐立不安,老是好像丢弃了一件紧要的物件似的。在学校里听讲时,先生的声气不知怎么的会变成了伊那一种温软的喉音的。笔记上讲义一句也抄不成,却写了许多《宝石的梦》……《宝石的梦》……《宝石的梦》,画了许多圈圈。昨天晚上正想坐下来写一封长长儿的信,藏在身边,预备今天见伊的时候给伊的。可恶我的朋友来了。混了我半夜,我又好恨又好笑,昨天晚上,一晚没有睡。我想了许多空想,想到我的爱情成功的时候。伊散了伊那漆黑的头发，披了一件白绫的睡服，伏在我的怀里啼泣。我又想到我失败的时候，伊哭红了两眼对我说：

"'我虽然爱你，你却是一个将亡的国民！你去吧，不必再来嬲我了。'

"我想到这里就不得不痛哭起来。一晚不睡，我今天五点钟就起来了。我在那里等着的时候，我只怕伊不来。但我的预觉，却告诉我伊一定是来的，这就是 Lover's presentiment 呀！我见伊的时候，胸中突突地跳跃起来，呼吸也紧起来了。伊要去的时候，我问伊再来不来了？伊说：

"'这就是我们的最后的会见了。你也永远不要想起我来吧！'

"啊哟，我听了伊这一句话，真想哭出来了。伊出去之后，我就马上跟了出去，但是伊不知已经上哪里去了。我就马上赶上御茶之水的电车车站，买了票进去，在月台上寻了许多时候，又不见伊的影子。我跑出来又寻了三十分钟，终究寻伊不出来。我怕在这里做梦吧。"

我听了他这一篇 Monologue，也非常的替他伤感。可怜他也是一个伤心人，一个独思托叶斯克（Dostojewskij）的小说中的主人翁。我知道他这一次的 love affair 也是不能成功的。

但是我却不得不大他的胆，不得不作他的后援。我问他说：

"你知道伊现在上不上什么学校去?"

"不错不错,伊说伊现在在一桥的音乐学校里学声乐。"

"那就对了,你且下一些死工夫,天天跑上那学校近边等伊吧,等伊一个礼拜,总有遇着伊的机会。"

"但是难得很。啊!伊最后的那一句话,伊最后的那一句话!"

说到这里,W君的眼睛有些红起来了。我怕他感情骤变,要放声哭出来,所以就教看护妇煮起红茶来吃。到了十二点钟的时候,我请他吃饭,他说:

"我哪里能吃得下去,我胸前也是同你一样,觉得饱满得很。"

我看他真的好像要自杀的样子。没头没脑的坐了一忽,他说要去,我怕他生出事来,执意的留他,他却挟了一个书包一直的跑出去了。我对看护妇说:

"C君,我的这一位同学,因为情事不成,怕要自杀,下次来的时候,请你和他谈谈,散散他的心。"

C看护妇本来是一个单纯的人,听了我的话,反而放声大笑起来。我觉得我的感情被伊伤害了,所以不得不发起怒来,这一天直到了晚上,我才同伊开口讲话。因为伊太唐突了,我为W君着实抱些不平。

六月初五,我的病差不多已经痊愈了,午前十二点钟,吃了三块面包，一瓶牛乳。吃完了中饭，我起床在病室里走了几步。正在走的时候我的预科的同学 K 君来了。K 君本来住在日本极西的 F 地方学医的，因为性不近医，近来一步一步地走入文学的圈子里去了，他这一回来是为商量发行一种纯文艺杂志来的。我同他有六七年不见面了。他开进门来第一句就问：

"你还认得我么？"

"怎么会不认得，可是清瘦得多了。"

"你也老了许多，我们在预科的时候，你还是一个小孩子咧！"

"可不是么！"

K 君没有来之先，我心里有许多话想和他说的，一见了面，却什么话也说不出来。我记得唐人的诗说：

"十年别泪知多少，不道相逢泪更多。"

久别重逢，我怕什么人都有这样的感慨。这一位 K 君也和我一样，受了专制结婚的害，现在正在十字架下受苦。我看看他那意气消沉的面貌，和他那古色苍然的衣帽，觉得一篇人生的悲剧，活泼泼地写在那里。社会呀！道德呀！资本家呀！我们少年人都被你们压死了。我的眼泪想滴下来，但是又怕被 K 君笑我无英雄的胆略。所以只能隐忍过去。因为怕挨忍不住，我所以话也不敢讲一句。过了十几分钟，我的感情平复起来，K 君也好像有些镇静下来了，我们才谈起我们将来的希望目的来。K君新自上海来的，一讲到上海的新闻杂志界的情形，便摇头叹气地说：

"再不要提起！上海的文氓文丐，懂什么文学！近来什么小报，《礼拜六》，《游戏世界》等等又大抬头起来，他们的滥调笔墨中都充溢着竹（麻雀牌）云烟（大烟）气。其他一些谈新文学的人，把文学团体来作工具，好和政治团体相接近，文坛上的生存竞争非常险恶，他们那党同伐异，倾轧嫉妒的卑劣心理，比从前的政客们还要厉害，简直是些 Hysteria 的患者！还有些讲哲学的人也是妙不可言。德文的字母也不认识的，竟在那里大声疾呼的什么 Kant（康德），Nietzsche（尼采），übermensch（超人），etc（等）etc（等）。法文的'巴黎'两字也写不出来的先生，在那里批评什么柏格森的哲学。你仔细想想，著作者的原著还没有读过的人，究竟能不能下一笔批评的？"

"但是我国的鉴赏力，和这些文学的流氓和政治家，恐怕如鲍郎郭郎，正好相配。我们的杂志，若是立论太高，恐怕要成孤立。"

"先驱者哪一个不是孤独的人？我们且尽我们的力量去做吧。"

K君刚自火车上跳下来的，昨晚一晚不睡，所以我劝他暂且休息一下。那一天晚上我们又讲了许多将来的话，我觉得我的病立刻地减轻了。

因为讲话讲得太多了,我觉得倦起来,K君也就在我病室前的一间日本式的房内睡了。我的看护妇C君和一个外来的看护妇,也是和他在一块儿。

第二天初六的早晨,我六点钟就起了床。

走来走去的走了几步,觉得爽快得很。洗面的时候,向镜台一照,我觉得我的血肉都消失尽了。眼窝上又加了一层黑圈,两边的颧骨愈加高起来,颧骨的底下,新生了两个黑孔出来。

"瘦极了!瘦极了!"

正在那里伤神的时候,K君走了出来。我们就又讲起种种文艺上的话来。

吃过了早膳,我们一同到病院近旁的俄国教堂尼哥拉衣堂去散步。登上钟楼的绝顶的时候,我对C君说:

"我们两人就在这里跳下去寻个情死吧。明天报上怕又要登载出来呢!"

尼哥拉衣堂的钟楼足有三百尺高,东京的全市,一望无余。浅草的"十二阶"看过去同小孩的玩物一样。西南的地平线,觉得同大海的海面接着的光景。守钟楼的人说:

"今天因为天气不好,所以看不见海岸的帆樯。天气清朗的时候,东京湾里的船舶,一一可以数得出来。"

靖国神社的华表,也看得清清楚楚。街上的电车同小动物一样,不声不响的在那里行走。对面圣堂顶上的十字架,金光灿烂,光耀得很。管钟楼的人说:

"那金十字架高五尺广三尺七寸八分。钟八个一千二百贯。大的一个六百贯。扶梯九十五层,每层十七级。壁厚五尺。"

我看了一忽,想到覃依节奥的《死的胜利》(D'Annunzio's Triumph des Todes)的情景上去。所以对C看护妇说:

"我们就跳下去寻个情死吧!"

但C看护妇哪里能理解我的意思,所以我站在三百尺的钟楼上,又伤起我的孤独来了。

"我是一个孤独的人。一个人从母胎里生下来,仍复不得不一个人回到泥土里,我的旅途上的同伴,终竟是寻不着的了。"

我正呆呆的站在那里的时候,K君走过来对我说:

"平地上没有什么风,到高的地方来,风就刮得这么大,我们下去吧,你病人别受了凉。"

我回头来对K君一望,觉得他的面色是非常率真的样子。我觉得一种朋友的热情,忽然感染到我的心里来,我又想哭出来了。

下了钟楼,我想从尼哥拉衣堂的正门出去,K君又说:

"绕正门出去路远得很,你病人不应该走那么远的路,我们还是从后门出去的好。"

出了尼哥拉衣堂,我们就回病室去坐了一会。

C看护妇说:

"你们多年不见的老友千里来会,怎么不留一个纪念去拍一张照相?"

我也赞成了伊的意见,便和K君C看护妇同另外的一个外来的看护妇去拍了一张照相。那时候,已经是十二点钟了。吃过午膳后,K君定要回去,我留他不住。送K君出去之后,天空忽然阴黑起来。回到了病室里,我觉得冷静得很。C看护妇也说:

"K君走了之后,这一间病室里好像闯入了一块冰块来的样子。"

我呆呆的睡了一忽,总觉得孤冷得可怜。坐起来朝窗外一望,看见一层浓厚灰色的雨云,渐渐儿的飞近我的头上来。我坐了一忽,也觉得没趣,就把K君带来的一本英人喀本塔著的《惠特曼访问记》(Edward Carpente's *Days with Walt Whitman*)拿出来读了。千八百八十四年的记事将读完的时候,窗外萧萧索索地下起雨来。我对C看护妇说:

"C呀!外边下起雨来了,K君的火车不知到什么地方了?我明天就想出病院去,不晓得K博士能不能准我退院?"

茫 茫 夜

一

　　一天星光灿烂的秋天的朝上，大约时间总在十二点钟以后了，静寂的黄浦滩上，一个行人也没有。街灯的灰白的光线，散射在苍茫的夜色里，烘出了几处电杆和建筑物的黑影来。道旁尚有两三乘人力车停在那里，但是车夫好像已经睡着了，所以并没有什么动静。黄浦江中停着的船上，时有一声船板和货物相击的声音传来，和远远不知从何处来的汽车车轮声合在一处，更加形容得这初秋深夜的黄浦滩上的寂寞。在这沉默的夜色中，南京路口滩上忽然闪出了几个纤长的黑影来，他们好像是自家恐惧自家的脚步声的样子，走路走得很慢。他们的话声亦不很高，但是在这沉寂的空气中，他们的足音和话声,已经觉得很响了。

"于君,你现在觉得怎么样?你的酒完全醒了么?我只怕你上船之后,又要吐起来。"

讲这一句话的,是一个十九岁前后的纤弱的青年,他的面貌清秀得很。他那柔美的眼睛,和他那不大不小的嘴唇,有使人不得不爱他的魔力。他的身体好像是不十分强,所以在微笑的时候,他的苍白的脸上,也脱不了一味悲寂的形容。他讲的虽然是北方的普通话,但是他那幽徐的喉音,和宛转的声调,竟使听话的人,辨不出南音北音来。被他叫作"于君"的,是一个二十五六岁的青年,大约因为酒喝多了,颊上有一层红潮,同蔷薇似的罩在那里。眼睛里红红浮着的,不知是眼泪呢还是醉意,总之他的眉间,仔细看起来,却有些隐忧含着,他的勉强装出来的欢笑,正是在那里形容他的愁苦。他比刚才讲话的那青年,身材更高,穿着一套藤青的哔叽洋服,与刚才讲话的那青年的鱼白大衫,却成了一个巧妙的对称。他的面貌无俗气,但亦无特别可取的地方。在一副平正的面上,加上一双比较细小的眼睛,和一个粗大的鼻子,就是他的肖像了。由他那二寸宽的旧式的硬领和红格的领结看来,我们可以知道他是一个富有趣味的人。他听了青年的话,就把头向右转了一半,朝着了那青年,一边伸出右手来把青年的左手捏住,一边笑着回答说:

"谢谢,迟生,我酒已经醒了。今晚真对你们不起,要你们到了这深夜来送我上船。"讲到这里,他就回转头来看跟在背后的两个年纪大约二十七八的青年,从这两个青年的洋服年龄面貌推想起来,他们定是姓于的青年修学时代的同学。两个中的一个年长一点的人听了姓于的青年的话,就抢上一步说:

"质夫,客气话可以不必说了。可是有一件要紧的事情,我还没有问你,你的钱够用了么?"

姓于的青年听了,就放了捏着的迟生的手,用右手指着迟生回答说:

"吴君借给我的二十元,还没有动着,大约总够用了,谢谢你。"

他们四个人——于质夫吴迟生在前,后面跟着两个于质夫的同学,是刚从于质夫的寓里出来,上长江轮船去的。

横过了电车路,沿了滩外的冷清的步道走了二十分钟,他们已经走到招商局的轮船码头了。江里停着的几只轮船,前后都有几点黄黄的电灯点在那里。从黑暗的堆栈外的码头走上了船,招了一个在那里假睡的茶房,开了舱里的房门,在第四号官舱里坐了一会,于质夫就对吴迟生和另外的两个同学说:

"夜深了,你们可先请回去,诸君送我的好意,我已经谢不胜谢了。"

吴迟生也对另外的两个人说：

"那么你们请先回去，我就替你们做代表吧。"

于质夫又拍了迟生的肩说：

"你也请同去了吧。使你一个人回去，我更放心不下。"

迟生笑着回答说：

"我有什么要紧，只是他们两位，明天还要上公司去的，不可太睡迟了。"

质夫也接着对他的两位同学说：

"那么请你们两位先回去，我就留吴君在这儿谈吧。"

送他的两个同学上岸之后，于质夫就拉了迟生的手回到舱里来。原来今晚开的这只轮船，已经旧了，并且船身太大，所以航行颇慢。因此乘此船的乘客少得很。于质夫的第四号官舱，虽有两个舱位，单只住了他一个人。他拉了吴迟生的手进到舱里，把房门关上之后，忽觉得有一种神秘的感觉，同电流似的，在他的脑里经过了。在电灯下他的肩下坐定的迟生，也觉得有一种不可思议的感情发生，尽俯着首默默地坐在那里。质夫看着迟生的同蜡人似的脸色，感情竟压制不住了，就站起来紧紧的捏住了他的两手，对面对的对他幽幽地说：

"迟生，你同我去吧，你同我上 A 地去吧。"

这话还没有说出之先，质夫正在那里想：

"二十一岁的青年诗人兰勃（Arthur Rimbaud）。一八七二年的佛尔兰（Paul Verlaine）。白儿其国的田园风景。两个人的纯洁的爱。……"

这些不近人情的空想，竟变了一句话，表现了出来。质夫的心里实在想邀迟生和他同到A地去住几时，一则可以慰慰他自家的寂寞，一则可以看守迟生的病体。迟生听了质夫的话，呆呆的对质夫看了一忽，好像心里有两个主意，在那里战争，一霎时解决不下的样子。质夫看了他这一副形容，更加觉得有一种热情，涌上他的心来，便不知不觉的逼进一步说：

"迟生你不必细想了，就答应了我吧。我们就同乘了这一只船去。"

听了这话，迟生反恢复了平时的态度，便含着了他固有的微笑说：

"质夫，我们后会的日期正长得很，何必如此呢？我希望你到了A地之后，能把你日常的生活，和心里的变化，详详细细的写信来通报我，我也可以一样的写信给你，这岂不和同住在一块一样么？"

"话原是这样说，但是我只怕两人不见面的时候，感情就要疏冷下去。到了那时候我对你和你对我的目下的热情，就不得不被第三者夺去了。"

"要是这样,我们两个便算不得真朋友。人之相知,贵相知心,你难道还不能了解我的心么?"

听了这话,看看他那一双水盈盈的瞳仁,质夫忽然觉得感情激动起来,便把头低下去,搁在他的肩上说:

"你说什么话,要是我不能了解你,那我就不劝你同我去了。"

讲到这里,他的语声同小孩悲咽时候似的发起颤来了。他就停着不再说下去,一边却把他的眼睛,伏在迟生的肩上。迟生觉得有两道同热水似的热气浸透了他的鱼白大衫和蓝绸夹袄,传到他的肩上去。迟生也觉得忍不住了,轻轻地举起手来,在面上揩了一下,只呆呆的坐在那里看那十烛光的电灯。这夜里的空气,觉得沉静得同在坟墓里一样。舱外舷上忽有几声水手呼唤声和起重机滚船索的声音传来,质夫知道船快开了,他想马上站起来送迟生上岸去,但是心里又觉得这悲哀的甘味是不可多得的,无论如何总想多尝一忽。照原样的头靠在迟生的肩上,一动也不动的坐了几分钟,质夫听见房门外有人在那里敲门。他抬起头来问了一声是谁,门外的人便应声说:

"船快开了。送客的先生请上岸去吧。"

迟生听了,就慢慢地站了起来,质夫也默默的不作一声跟在迟生的后面,同他走上岸去。在灰黑的电灯光下同游水似的走到船侧的跳板上的时候,迟生忽然站住了。质夫抢上了一步,又把迟生的手紧紧地捏住,迟生脸上起了两处红晕,幽幽扬扬地说:

"质夫,我终究觉得对你不起,不能陪你在船上安慰你的长途的寂寞,……"

"你不要替我担心思了,请你自家保重些。你上北京去的时候,千万请你写信来通知我。"

质夫一定要上岸来送迟生到码头外的路上。迟生怎么也不肯,质夫只能站在船侧,张大了两眼,看迟生回去。迟生转过了码头的堆栈,影子就小了下去,成了一点白点,向北在街灯光里出没了几次。那白点渐渐远了,更小了下去,过了六七分钟,站在船舷上的质夫就看不见迟生了。

质夫呆呆的在船舷上站了一会,深深地呼了一口空气,仰起头来看见了几颗明星在深蓝的天空里摇动,胸中忽然觉得悲哀起来。这种悲哀的感觉,就是质夫自身也不能解说,他自幼在日本留学,习惯了漂泊的生活;生离死别的情景,不知身尝了几多,照理论来,这一次与相交未久的吴迟生的离别,当然是没有什么悲伤的,但是他看看黄浦江上的夜景,看看一点一点小下去的吴迟生的瘦弱的影子,觉得将亡未亡的中国,将灭未灭的人类,茫茫的长夜,耿耿的秋星，都是伤心的种子。在这茫然不可捉摸的思想中间，他觉得他自家的黑暗的前程和吴迟生的纤弱的病体，更有使他泪落的地方。在船舷的灰色的空气中站了一会，他就慢慢的走到舱里去了。

二

长江轮船里的生活，虽然没有同海洋中间那么单调，然而与陆地隔绝后的心境，到底比平时平静。况且开船的第二天，天又降下了一天黄雾，长江两岸的风景，如烟如梦的带起伤惨的颜色来。在这悲哀的背景里，质夫把他过去几个月的生活，同手卷中的画幅一般回想出来了。

三月前头住在东京病院里的光景，出病院后和那少妇的关系，同污泥一样的他的性欲生活，向善的焦躁与贪恶的苦闷，逃往盐原温泉前后的心境，归国的决心。想到最后这一幕，他的忧郁的面上，忽然露出一痕微笑来，眼看着了江上午后的风景，背靠着了甲板上的栏杆，他便自言自语地说：

"泡影呀，昙花呀，我的新生活呀！唉！唉！"

这也是质夫的一种迷信，当他决计想把从来的腐败生活改善的时候，必要搬一次家，买几本新书或是旅行一次。半月前头，他动

身回国的时候,也下了一次绝大的决心。他心里想:

"我这一次回国之后,必要把旧时的恶习,改革得干干净净。戒烟戒酒戒女色。自家的品性上,也要加一段锻炼,使我的朋友全要惊异说我是与前相反了。……"

到了上海之后,他的生活仍旧是与从前一样,烟酒非但不戒下,并且更加加深了。女色虽然还没有去接近,但是他的性欲,不过变了一个方向,依旧在那里伸张。想到了这一个结果,他就觉得从前的决心,反成了一段讽刺,所以不觉叹气微笑起来。叹声还没有发完,他忽听见人在他的左肩下问他说:

"Was seufzen Sie, Monsieur?"

("你为什么要发叹声?")

转过头来一看,原来这船的船长含了微笑,站在他的边上好久了,他因为尽在那里想过去的事情,所以没有觉得。这船长本来是丹麦人,在德国的留背克住过几年,所以德文讲得很好。质夫今天早晨在甲板上已经同他讲过话,因此这身材矮小的船长也把质夫当作了朋友。他们两人讲了些闲话,质夫就回到自己的舱里来了。

吃过了晚饭,在官舱的起坐室里看了一回书,他的思想又回到过去的生活上去,这一回的回想,却集中在吴迟生一个人的身上。原来质夫这一次回国来,本来是为转换生活状态而来,但是他正想

动身的时候,接着了一封他的同学邝海如的信说:

"我住在上海觉得苦得很。中国的空气是同癫病院的空气一样,渐渐的使人腐烂下去。我不能再住在中国了。你若要回来,就请你来替了我的职,到此地来暂且当几个月编辑吧。万一你不愿意住在上海,那么A省的法政专门学校要聘你去做教员去。"

所以他一到上海,就住在他同学在那里当编辑的T书局的编辑所里。有一天晚上,他同邝海如在外边吃了晚饭回来的时候,在编辑所里遇着了一个瘦弱的青年,他听了这青年的同音乐似的话声,就觉得被他迷住了。这青年就是吴迟生呀!过了几天,他的同学邝海如要回到日本去,他和吴迟生及另外几个人在汇山码头送邝海如的行,船开之后,他同吴迟生就同坐了电车,回到编辑所来,他看看吴迟生的苍白的脸色和他的纤弱的身体,便问他说:

"吴君,你身体好不好?"

吴迟生不动神色的回答说:

"我是有病的,我害的是肺病。"

质夫听了这话,就不觉张大了眼睛惊异起来。因为有肺病的人,大概都不肯说自家的病的,但是吴迟生对了才遇见过两次的新友,竟如旧交一般的把自家的秘密病都讲了。质夫看了迟生的这种态度,心里就非常爱他,所以就劝他说:

"你若害这病，那么我劝你跟我上日本去养病去。"

他讲到这里，就把乔其慕亚的一篇诗想了出来，他的幻想一霎时的发展开来了。

"日本的郊外杂树丛生的地方，离东京不远，坐高架电车不过四五十分钟可达的地方，我愿和你两个人去租一间草舍儿来住，草舍的前后，要有青青的草地，草地的周围，要有一条小小的清溪。清溪里要有几尾游鱼。晚春时节，我好和你拿了锄耙，把花儿向草地里去种。在蔚蓝的天盖下，在和暖的熏风里，我与你躺在柔软的草上，好把那西洋的小曲儿来朗诵。初秋晚夏的时候，在将落未落的夕照中间，我好和你缓步逍遥，把落叶儿来数。冬天的早晨你未起来，我便替你做早饭，我不起来，你也好把早饭先做。我礼拜六的午后从学校里回来，你好到冷静的小车站上来候我。我和你去买些牛豚香片，便可作一夜的清谈，谈到礼拜的日中。书店里若有外国的新书到来，我和你省几日油盐，可去买一本新书来消那无聊的夜晚。……"

质夫坐在电车上一边作这些空想，一边便不知不觉的把迟生的手捏住了。他捏捏迟生的柔软的小手，心里又起了一种别样的幻想，面上红了一红，把头摇了一摇，他就对迟生问起无关紧要的话来：

"你的故乡是在什么地方？"

"我的故乡是直隶乡下,但是现在住在苏州了。"

"你还有兄弟姊妹没有?"

"有是有的,但是全死了。"

"你住在上海干什么?"

"我因为北京天气太冷,所以休了学,打算在上海过冬。并且这里朋友比较得多一点,所以觉得住在上海比北京更好些。"

这样的问答了几句,电车已经到了大马路外滩了。换了静安寺路的电车在跑马厅尽头处下车之后,质夫就邀迟生到编辑所里来闲谈。从此以后,他们两人的交际,便渐渐儿的亲密起来了。

质夫的意思以为天地间的情爱,除了男女的真真的恋爱外,以友情为最美。他在日本漂流了十来年,从未曾得着一次满足的恋爱,所以这一次遇见了吴迟生,觉得他的一腔不可发泄的热情,得了一个可以自由灌注的目标,说起来虽是他平生一大快事,但是亦是他半生沦落未曾遇着一个真心女人的哀史的证明。有一天晴朗的晚上,迟生到编辑所来和他谈到夜半,质夫忽然想去洗澡去。邀了迟生和另外的两个朋友出编辑所走到马路上的时候,质夫觉得空气冷凉得很,他便问迟生说:

"你冷么?你若是怕冷,就钻到我的外套里来。"

迟生听了,在苍白的街灯光里,对质夫看了一眼,就把他那纤弱的身体倒在质夫的怀里。质夫觉得有一种不可名状的快感，从迟生的肉体传到他的身上去。

他们出浴堂已经是十二点钟了。走到三岔路口，要和迟生分手的时候，质夫觉得怎么也不能放迟生一个人回去，所以他就把迟生的手捏住说：

"你不要回去了，今天同我们上编辑所去睡吧。"

迟生也像有迟疑不忍回去的样子，质夫就用了强力把他拖来了。那一天晚上他们谈到午前五点钟才睡着。过了两天，A地就有电报来催，要质夫上A地的法政专门学校去当教员。

三

质夫登船后第三天的午前三点钟的时候，船到了A地。在昏黑的轮船码头上，质夫辨不出方向来，但看见有几颗淡淡的明星印在清冷的长江波影里。离开了码头上的嘈杂的群众，跟了一个法政专门学校里托好在那里招待他的人上岸之后，他觉得晚秋的凉气，已经到了这长江北岸的省城了。在码头近旁一家同十八世纪的英国乡下的旅舍似的旅馆里住下之后，他心里觉得孤寂得很。他本来是在大都会里生活惯的人，在这夜静更深的时候，到了这一处不闹热的客舍内，从微明的洋灯影里，看看这客室里的粗略的陈设，心里当然是要惊惶的。一个招待他的酣睡未醒的人，对他说了几句话，从他的房里出去之后，他真觉得是闯入了龙王的水牢里的样子，他的脸上不觉有两颗珠泪滚下来了。

"要是迟生在这里，那我就不会这样的寂寞了。啊，迟生，这时候怕你正在电灯底下微微地笑着，在那里做好梦呢！"

在床上横靠了一忽，质夫看见格子窗一格一格的亮了起来，远远的鸡鸣声也听得见了。过了一会，有一部运载货物的单轮车，从窗外推过了，这车轮的仆独仆独的响声，好像是在那里报告天晴的样子。

侵旦旅馆里有些动静的时候，从学校里差来接他的人也来了。把行李交给了他，质夫就坐了一乘人力车上学校里去。沿了长江，过了一条店家还未起来的冷清的小街，质夫的人力车就折向北去。车并着了一道城外的沟渠。在一条长堤上慢慢前进的时候，他就觉得元气恢复起来了。看看东边，以浓蓝的天空作了背景的一座白色的宝塔，把半规初出的太阳遮在那里。西边是一道古城，城外环绕着长沟，远近只有些起伏重叠的低冈和几排鹅黄疏淡的杨柳点缀在那里。他抬起头来远远见了几家如装在盆景假山上似的草舍。看看城墙上孤立在那里的一排电杆和电线，又看看远处的地平线和一弯苍茫无际的碧落，觉得在这自然的怀抱里，他的将来的成就定然是不少的。不晓是什么原因，不知不觉他竟起了一种感谢的心情。过了一忽，他忽然自言自语地说：

"这谦虚的情！这谦虚的情！就是宗教的起源呀！淮尔特（Wilde）呀，佛尔兰（Verlaine）呀！你们从狱里叫出来的'要谦虚'（Be humble）的意思我能了解了。"

车到了学校里，他就通名刺进去。跟了门房，转了几个弯，到了一处门上挂着"教务长"牌的房前的时候，他心里觉得不安得很。进了这房他看见一位三十上下的清瘦的教务长迎了出来。这教务长戴着一副不深的老式近视眼镜，口角上有两丛微微的胡须黑影，讲一句话，眼睛必开闭几次。质夫因为是初次见面，所以应对非常留意，格外的拘谨。讲了几句寻常套话之后，他就领质夫上正厅上去吃早饭。在早膳席上，他为质夫介绍了一番。质夫对了这些新见的同事，胸中感得一种异常的压迫，他一个人心里想：

"新媳妇初见姑嫂的时候，她的心理应该同我一样的。唉，在山泉水清，出山泉水浊，我还不如什么事也不干，一个人回到家里去贪懒的好。"

吃了早膳，把行李房屋整顿了一下，姓倪的那教务长就把功课时间表拿了过来。恰好那一天是礼拜，质夫就预备第二日去上课。

倪教务长把编讲义上课的情形讲了一遍之后，便轻轻地对质夫说：

"现在我们校里正是五风十雨的时候，上课时候的讲义，请你用全副精神来对付。礼拜三用的讲义，是要今天发才赶得及，请你快些预备吧。"

他出去停了两个钟头，又跑上质夫那边来，那时候质夫已有一页讲义编好了。倪教务长拿起这页讲义来看的时候，神经过敏而且又是自尊心颇强的质夫，觉得被他侮辱了。但是一边心里又在那里恐惧，这种复杂的心理状态，怕没有就过事的人是不能了解的。他看了讲义之后，也不说好，也不说不好，但是质夫的纤细的神经却告诉质夫说：

"可以了，可以了，他已经满足了。"

恐惧的心思去了之后，质夫的自尊心又长了一倍，被侮辱的心思比从前也加一倍抬起头来，但是一种自然的势力，把这自尊心压了下去，教他忍受了。这教他忍受的心思，大约就是卑鄙的行为的原动力，若再长进几级，就不得不变成奴隶性质。现在社会上的许多成功者，多因为有这奴隶性质，才能成功，质夫初次的小成功，大约也是靠他这时候的这点奴隶性质而来的。

这一天晚上质夫上床的时候，却有两种矛盾的思想，在他的胸中来往。一种是恐惧的心思，就是怕学生不能赞成他。一种是喜悦的心思，就是觉得自家是专门学校的教授了。正在那里想的时候，他觉得有一个人钻进他的被来。他闭着眼睛，伸手去一摸，却是吴迟生。他和吴迟生颠颠倒倒地讲了许多话，到第二天的早晨，斋夫进房来替他倒洗面水，他被斋夫惊醒的时候，才知道是一场好梦，他醒来的时候，两只手还紧紧地抱住在那里。

第二次上课钟打后，质夫跟了倪教务长去上课去。倪教务长先替他向学生介绍了几句，出课堂门去了，质夫就踏上讲坛去讲。这一天因为没有讲义稿子，所以他只空说了两点钟。正在那里讲的时候，质夫觉得有一种想博人欢心的虚伪的态度和言语，从他的面上口里流露出来。他心里一边在那里鄙笑自家，一边却怎么也禁不住这一种态度和这一种言语。大约这一种心理和前节所说的忍受的心理就是构成奴隶性质的基础吧？

好容易破题儿的第一天过去了。到了晚上九点钟的时候，倪教务长的苍黄的脸上浮着了一脸微笑，跑上质夫房里来。质夫匆忙站起来让他坐下之后，倪教务长便用了日本话，笑嘻嘻地对质夫说：

"你成功了。你今天大成功。你所教的几班，都来要求加钟点了。"

质夫心里虽然非常喜欢，但是面上却只装着一种漠不相关的样子，倪教务长到了这时候，也没有什么隐瞒了，便把学校里的内情全讲了出来。

"我们学校里,因为陆校长今年夏天同军阀李星狼麦连邑打了一架,并反对违法议员和驱逐李麦的走气狗韩省长的原因,没有一天不被军阀所仇视。现在李麦和那些议员出了三千元钱,收买了几个学生,想在学校里捣乱。所以你没有到的几天,我们是一夕数惊,在这里防备的。今年下半年新聘了几个先生,又是招怪,都不能得学生的好感。所以要是你再受他们学生的攻击,那我们在教课上就站不住了。一个学校中,若聘的教员,不能得学生的好感,教课上不能铜墙铁壁的站住,风潮起来的时候,那你还有什么法子?现在好了,你总站得住了,我也大可以放心了。呵呵呵呵(底下又用了一句日本话)你成功了呀!"

质夫听了这些话,因为不晓得这 A 省的情形,所以也不十分明了,但是倪教务长对质夫是很满意的一件事情,质夫明明在他的言语态度上可以看得出来。从此质夫当初所怀着的那一种对学生对教务长的恐惧心,便一天一天的减少下去了。

四

学校内外浮荡着的暗云,一层一层的紧迫起来。本来是神经质的倪教务长和态度从容的陆校长常常在那里作密谈。质夫因为不谙那学校的情形，所以也没有什么惧怕，尽在那里干他自家一个人的事。

初到学校后二三天的紧张的精神，渐渐的弛缓下去的时候，质夫的许久不抬头的性欲，又露起头角来了。因为时间与空间的关系，吴迟生的印象一天一天在他的脑海里消失下去，于是代此而兴，支配他的全体精神的欲情，便分成了两个方向起作用来。一种是纯一的爱情，集中在他的一个年轻的学生身上。一种是间断偶发的冲动。这种冲动发作的时候，他竟完全成了无理性的野兽，非要到城里街上，和学校附近的乡间的贫民窟里去乱跑乱跳走一次，偷看几个女性，不能把他的性欲的冲动压制下去。有一天晚上，正是这冲动发作的时候，倪教务长不声不响地走进他的房里来忠告他说：

"质夫，你今天晚上不要跑出去。我们得着了一个消息，说是几个被李麦买取了的学生，预备今晚起事，我们教职员还是住在一处，不要出去的好。"

质夫在房里电灯下坐着，守了一个钟头，觉得苦极了。他对学校的风潮，还未曾经验过，所以并没有什么害怕，并且因为他到这学校不久，缠绕在这学校周围的空气，不能明白，所以更无危惧的心思。他听了倪教务长的话之后，只觉得有一种看热闹的好奇心起来，并没有别的观念。同西洋小孩在圣诞节的晚上盼望圣诞老人到来的样子，他反而一刻一刻地盼望这捣乱事件快些出现。等了一个钟头，学校里仍没有什么动静，他的好奇心，竟被他原有的冲动的发作压倒了。他从座位里站了起来，在房里走了几圈，又坐了一忽，又站起来走了几圈，觉得他的兽性，终究压不下去，换了一套中国衣服，他便悄悄的从大门走了出去。浓蓝的天影里，有几颗游星，在那里开闭。学校附近的郊外的路上黑得可怕。幸亏这一条路是沿着城墙沟渠的，所以黑暗中的城墙的轮廓和黑沉沉的城池的影子，还当作了他的行路的目标。他同瞎子似的在不平的路上跌了几脚，踏了几次空，走到北门城门外的时候，忽然想起城门是快要闭了。若或进城去，他在城里又无熟人，又没有法子弄得到一张出城券，事情是不容易解决的。所以在城门外迟疑了一会，他就回转了脚，一直沿了向北的那一条乡下的官道跑去。跑了一段，他跑到一处狭的街上了。他以为这样的城外市镇里，必有那些奇形怪状的最下流的妇人住着，他的冲动的目的物，正是这一流妇人。但是他在黄昏的小市上，跑来跑去跑了许多时候，终究寻不出一个妇人来。有时候虽有一两个蓬头的女子走过，却是人家的未成年的使婢。他在街上走了一会，又穿到漆黑的侧巷里去走了一会，终究不能达到他的目的。在一条无人通过的漆黑的侧巷里站着，他仰起头来看看幽远的天空，便轻轻的叹着说：

"我在外国苦了这许多年数，如今到中国来还要吃这样的苦。唉！我何苦呢，可怜我一生还未曾得到女人的爱惜过。啊，恋爱呀，你若可以学识来换的，我情愿将我所有的知识，完全交出来，与你换一个有血有泪的拥抱。啊！恋爱呀，我恨你是不能糊涂了事的。我恨你是不能以资格地位名誉来换的。我要灭这一层烦恼，我只有自杀……"

讲到了这里，他的面上忽然滚下了两粒粗泪来。他觉得站在这里，终究不是长久之计，就又同饿犬似地走上街来了。垂头丧气的正想回到校里来的时候，他忽然看见一家小小的卖香烟洋货的店里，有一个二十五六的女人坐在灰黄的电灯下，对了帐簿算盘在那里结帐。他远远的站在街上看了一忽，走来走去地走了几次，便不声不响的踱进了店去。那女人见他进去，就丢下了帐目来问他：

"要买什么东西？"

先买了几封香烟，他便对那女人呆呆的看了一眼。由他这时候的眼光看来，这女人的容貌却是商家所罕有的。其实她也只是一个平常的女人，不过身材生得小，所以俏得很，衣服穿得还时髦，所以觉得有些动人的地方。他如饿犬似的贪看了一二分钟，便问她说：

"你有针卖没有？"

"是缝衣服的针么？"

"是的，但是我要一个用熟的针，最好请你卖一个新针给我之后，将拿新针与你用熟的针交换一下。"

那妇人便笑着回答说：

"你是拿去煮在药里的么？"

他便含糊的答应说：

"是的是的，你怎么知道？"

"我们乡下的仙方里，老有这些玩意儿的。"

"不错不错，这针倒还容易办得到，还有一件物事，可真是难办。"

"是什么呢？"

"是妇人们用的旧手帕，我一个人住在这里，又无朋友，所以这物事是怎么也求不到的，我已经决定不再去求了。"

"这样的也可以的么？"

一边说，一边那妇人从她的口袋里拿了一块洋布的旧手帕出来。质夫一见，觉得胸前就乱跳起来，便涨红了脸说：

"你若肯让给我，我情愿买一块顶好的手帕来和你换。"

"那请你拿去就对了，何必换呢。"

"谢谢，谢谢，真真是感激不尽了。"

质夫得了她的用旧的针和手帕,就跌来碰去地奔跑回家。路上有一阵凉冷的西风,吹上他的微红的脸来,那时候他觉得爽快极了。

回到了校内,他看看还是未曾熄灯。幽幽的回到房里,闩上了房门,他马上把骗来的那用旧的针和手帕从怀中取了出来。在桌前椅子上坐下,他就把那两件宝物掩在自家的口鼻上,深深地闻了一回香气。他又忽然注意到了桌上立在那里的那一面镜子,心里就马上想把现在的他的动作一一的照到镜子里去。取了镜子,把他自家的痴态看了一忽,他觉得这用旧的针子,还没有用得适当。呆呆的对镜子看了一二分钟,他就狠命的把针子向颊上刺了一针。本来为了兴奋的缘故,变得一块红一块白的面上,忽然滚出了一滴同玛瑙珠似的血来。他用那手帕揩了之后,看见镜子里的面上又滚了一颗圆润的血珠出来。对着了镜子里的面上的血珠,看看手帕上的猩红的血迹,闻闻那旧手帕和针子的香味,想想那手帕的主人公的态度,他觉得一种快感,把他的全身都浸遍了。

不多一忽,电灯熄了,他因为怕他现在所享受的快感,要被打断,所以动也不动的坐在黑暗的房里,还在那里贪尝那变态的快味。打更的人打到他的窗下的时候,他才同从梦里头醒来的人一样,抱着了那针子和手帕摸上他的床上去就寝。

五

清秋的好天气一天一天的连续过去，A地的自然景物，与质夫生起情感来了。学生对质夫的感情，也一天一天的浓厚起来。吃过晚饭之后，在学校近旁的菱湖公园里，与一群他所爱的青年学生，看看夕阳返照在残荷枝上的暮景，谈谈异国的流风遗韵，确是平生的一大快事。质夫觉得这一班知识欲很旺的青年，都成了他的亲爱的兄弟了。

有一天也是秋高气爽的晴朗的早晨，质夫与雀鸟同时起了床，盥洗之后，便含了一枝伽利克，缓缓地走到菱湖公园去散步去。东天角上，太阳刚才起程，银红的天色渐渐的向西薄了下去，成了一种淡青的颜色。远近的泥田里，还有许多荷花的枯干同鱼栅似的立在那里。远远的山坡上，有几只白色的山羊同神话里的风景似的在那里吃枯草。他从学校近旁的山坡上，一直沿了一条向北的田塍细路走了过去，看看四围的田园清景，想想他目下所处的境遇，质夫觉得从前在东京的海岸酒楼上，对着了夕阳发的那些牢骚，不知消失到什么地方去了。

"我也可以满足了，照目下的状态能够持续得一二十年，那我的精神，怕更要发达呢。"

穿过了一条红桥，在一个空亭里立了一会，他就走到公园中心的那条柳荫路上去。回到学校之后，他又接着了一封从上海来的信，说他著的一部小说集已经快出版了。

这一天午后他觉得精神非常爽快，所以上课的时候竟多讲了十分钟，他看看学生的面色，也都好像是很满足的样子。正要下课堂的时候，他忽听见前面寄宿舍和事务室的中间的通路上，有一阵摇铃的声音和学生喧闹的声音传了过来。他下了课堂，拿了书本跑过去一看，只见一群学生围着了一个青脸的学生在那里吵闹。那青脸的学生，面上带着一味杀气，他的颊下的一条刀伤痕更形容得他的狞恶。一群围住他的学生都摩拳擦掌的要打他。质夫看了一会，不晓得是怎么一回事，正在疑惑的时候，看见他的同乡教体操的王先生，从包围在那里的学生丛中，辟开了一条路，挤到那被包围的青脸学生面前，不问皂白，把那学生一把拖到了教员的议事厅上去。一边质夫又看见他的同事的监学唐伯名温温和和的对一群激愤的学生说：

"你们不必动气，好好儿的回到自修室去吧，对于江杰的捣乱，我们自有办法在这里。"

一半学生回自修室去了，一半学生跟在那青脸的学生后面叫

着说:

"打!打!"

"打!打死他。不要脸的,受了李麦的金钱,你难道想卖同学么?"

质夫跟了这一群学生,跑到议事厅上,见他的同事都立在那里。同事中的最年长者,戴着一副墨眼镜、头上有一块秃的许明先,见了那青脸的学生,就对他说:

"你是一个好好的人,家里又还可以,何若要干这些事呢?开除你是学校的规则,并不是校长。钱是用得完的,你们年轻的人还是名誉要紧,李麦能利用你来捣乱学校,也定能利用别人来杀你的,你何苦去干这些事呢?"

许明先还没有说完,门外站着的学生都叫着说:

"打!"

"李麦的走狗!"

"不要脸的,摇一摇铃三十块钱,你这买卖真好啊。"

"打打!"

许明先听了门外学生的叫唤,便出来对学生说:

"你们看我面上,不要打他,只要他能悔过就对了。"

许明先一边说一边就招那青脸的学生——名叫江杰——出来,

对众谢罪。谢罪之后，许明先就护送他出门外，命令他以后不准再来，江杰就垂头丧气地走了。

江杰走后，质夫从学生和同事的口头听来，才知道这江杰本来也是校内的学生，因为闹事的缘故，在去年开除的。现在他得了李麦的钱，以要求复校为名，想来捣乱，与校内八九个得钱的学生约好，用摇铃作记号，预备一齐闹起来的。质夫听了心里反觉得好笑，以为像这样的闹事，便闹死也没有什么。

过了三四天，也是一天晴朗的早晨十点钟的时候，质夫正在预备上课，忽然听见几个学生大声哄号起来。质夫出来一看，见议事厅上有八九个长大的学生，吃得酒醉醺醺，头向了天，带着了笑容，在那里哄号。不过一二分钟，教职员全体和许多学生都跑向议事厅来。那八九个学生中间的一个最长的人便高声的对众人说：

"我们几个人是来搬校长的行李的。他是一个过激党，我们不愿意受过激党的教育。"

八九个中的一个矮小的人也对众人说：

"我们既然做了这事，就是不怕死的。若有人来拦阻我们，那要对他不起。"

说到这里，他在马褂袖里，拿了一把八寸长的刀出来。质夫看着门外站在那里的学生，起初同蜂巢里的雄蜂一样，还有些喃喃呐呐的声音,后来看了那矮小的人的小刀,就大家静了下去。质夫心里有点不平,想出来讲几句话,但是被他的同乡教体操的王先生拖住了。王先生对他说:

"事情到了这样,我与你立出去也压不下来了。我们都是外省人,何苦去与他们为难呢?他们本省的学生,尚且在那里旁观。"

那八九个学生一霎时就打到议事厅间壁的校长房里去,恰好这时候校长还不在家,他们就把校长的铺盖捆好了。因为那一个拿刀的人在门口守看,所以另外的人一个人也不敢进到校长房里去拦阻他们。那八九个学生同做新戏似地笑了一声,最后跟着了那个拿刀的矮子,抬了校长的被褥,就慢慢地走出门去了。等他们走了之后,倪教务长和几个教员都指挥其余的学生,不要紊乱秩序,依旧去上课去。上了两个钟头课,吃午膳的时候,教职员全体主张停课一二天以观大势。午后质夫得了这闲空时间,倒落得自在,便跑上西门外的大观亭去玩去了。

大观亭的前面是汪洋的江水。江中靠右的地方,有几个沙渚浮在那里。阳光射在江水的微波上,映出了几条反射的光线来。洲渚上的苇草,也有头白了的,也有作青黄色的,远远望去,同一片平沙一样。后面有一方湖水,映着了青天,静静的躺在太阳的光里。沿着湖水有几处小山,有几处黄墙的寺院。看了这后面的风景,质夫忽然想起在洋画上看见过的瑞士四林湖的山水来了。一个人逛到傍晚的时候，看了西天日落的景色，他就回到学校里来。一进校门，遇着了几个从里面出来的学生，质夫觉得那几个学生的微笑的目光，都好像在那里哀怜他的样子。他胸里感着一种不快的情怀，觉得是回到了不该回的地方来了。

吃过了晚饭，他的同事都锁着了眉头，议论起那八九个学生搬校长铺盖时候的情形和解决的方法来。质夫脱离了这议论的团体，私下约了他的同乡教体操的王亦安，到菱湖公园去散步去。太阳刚才下山，西天还有半天金赤的余霞留在那里。天盖的四周，也染了这余霞的返照，映出一种紫红的颜色来。天心里有大半规月亮白洋洋地挂着，还没有放光。田塍路的角里和枯荷枝的脚上，都有些薄暮的影子看得出来了。质夫和亦安一边走一边谈，亦安把这次风潮的原因细细的讲给了质夫听：

"这一次风潮的历史，说起来也长得很。但是它的原因，却伏在今年六月里，当李星狼麦连邑杀学生蒋可奇的时候。那时候陆校长讲的几句话是的确厉害的。因为议员和军阀杀了蒋可奇，所以学生联合会有澄清选举反对非法议员的举动。因为有了这举动，所以不得不驱逐李麦的走狗想来召集议员的省长韩上成。因这几次政治运动的结果，军阀和议员的怨恨，都结在陆校长一人的身上。这一次议员和军阀想趁新省长来的时候，再开始活动，所以首先不得不去他们的劲敌陆校长。我听见说这几个学生从议员处得了二百元钱一个人。其余守中立的学生，也有得着十元十五元的。他们军阀和议员，连警察厅都买通了的，我听见说，今天北门站岗的巡警一个人还得着二元贿赂呢。此外还有想夺这校长做的一派人，和同陆校长倪教务长有反感的一派人也加在内，你说这风潮的原因复杂不复杂？"

穿过了公园西北面的空亭，走上园中大路的时候，质夫邀亦安上东面水田里的纯阳阁里去。

夜阴一刻一刻的深了起来，月亮也渐渐的放起光来了。天空里从银红到紫蓝，从紫蓝到淡青的变了好几次颜色。他们进纯阳阁的时候，屋内已经漆黑了。从黑暗中摸上了楼。他们看见有一盏菜油灯点在上首的桌上。从这一粒微光中照出来的红漆的佛座，和桌上的供物，及两壁的幡对之类，都带着些神秘的形容。亦安向四周看了一看，对质夫说：

"纯阳祖师的签是非常灵的，我们各人求一张吧。"

质夫同意了，得了一张三十八签中吉。

他们下楼走到公园中间那条大路的时候，星月的光辉，已经把道旁的杨柳影子印在地上了。

闹事之后，学校里停了两天课。到了礼拜六的下午，教职员又开了一次大会，决定下礼拜一暂且开始上课一礼拜，若说官厅没有适当的处置，再行停课。正是这一天的晚上八点钟的时候，质夫刚在房里看他的从外国寄来的报，忽听见议事厅前后，又有哄号的声音传了过来。他跑出去一看，只见有五六个穿农夫衣服，相貌狞恶的人，跟了前次的八九个学生，在那里乱跳乱叫。当质夫跑近他们身边的时候，八九个人中最长的那学生就对质夫拱拱手说：

"对不起，对不起，请老师不要惊慌，我们此次来，不过是为搬教务长和监学的行李来的。"

质夫也着了急，问他们说：

"你们何必这样呢？"

"实在是对老师不起！"

那一个最长的学生还没有说完，质夫看见有一个农夫似的人跑到那学生身边说：

"先生，两个行李已经搬出去了，另外还有没有？"

那学生却回答说：

"没有了，你们去吧。"

这样的下了一个命令，他又回转来对质夫拱了一拱手说：

"我们实在也是出于不得已，只有请老师原谅原谅。"

又拱了拱手，他就走出去了。

这一天晚上行李被他们搬去的倪教务长和柳监学二人都不在校内。闹了这一场之后，校内同暴风过后的海上一样，反而静了下去。王亦安和质夫同几个同病相怜的教员，合在一处谈议此后的处置。质夫主张马上就把行李搬出校外，以后绝对的不再来了。王亦安光着眼睛对质夫说：

"不能不能，你和希圣怎么也不能现在搬出去。他们学生对希圣和你的感情最好。现在他们中立的多数学生，正在那里开会，决计留你们几个在校内，仍复继续替他们上课。并且有人在大门口守着，不准你们出去。"

中立的多数学生果真是像在那里开会似的，学校内弥漫着一种紧迫沉默的空气，同重病人的房里沉默着的空气一样。几个教职员大家合议的结果，议决方希圣和于质夫二人，于晚上十二点钟乘学生全睡着的时候出校，其余的人一律于明天早晨搬出去。

天潇潇地下起雨来了。质夫回到房里，把行李物件收拾了一下，便坐在电灯下连连续续地吸起烟来。等了好久，王亦安轻轻的来说：

"现在可以出去了。我陪你们两个人出去，希圣立在桂花树底下等你。"

他们三人轻轻的走到门口的时候，门房里忽然走出了一个学生来问说：

"三位老师难道要出去么？我是代表多数同学来求三位老师不要出去的。我们总不能使他们几个学生来破坏我们的学校，到了明朝，我们总要想个法子，要求省长来解决他们。"

讲到这里，那学生的眼睛已有一圈红了。王亦安对他作了一揖说：

"你要是爱我们的，请你放我们走吧，住在这里怕有危险。"

那学生忽然落了一颗眼泪，咬了一咬牙齿说：

"既然这样，请三位老师等一等，我去寻几位同学来陪三位老师进城，夜深了，怕路上不便。"

那学生跑进去之后，他们三人马上叫门房开了门，在黑暗中冒着雨就走了。走了三五分钟，他们忽听见后面有脚步声在那里追逐，他们就放大了脚步赶快走来，同时后面的人却叫着说：

"我们不是坏人，请三位老师不要怕，我们是来陪老师们进城的。"

听了这话，他们的脚步便放小来。质夫回头来一看，见有四个学生拿了一盏洋油行灯，跟在他们的后面。其中有两个学生，却是质夫教的一班里的。

六

第二天的午后，从学校里搬出来的教职员全体，就上省长公署去见新到任的省长。那省长本来是质夫的胞兄的朋友，质夫与他亦曾在西湖上会过的。历任过交通司法总长的这省长，讲了许多安慰教职员的话之后，却作了一个"总有办法"的回答。

质夫和另外的几个教职员，自从学校里搬出来之后，便同丧家之犬一样，陷到了去又去不得留又不能留的地位。因为连续的下了几天雨，所以质夫只能蛰居在一家小客栈里，不能出去闲逛。他就把他自己与另外的几个同事的这几日的生活，比作了未决囚的生活。每自嘲自慰的对人说：

"文明进步了，目下教员都要蒙尘了。"

性欲比人一倍强盛的质夫，处了这样的逆境，当然是不能安分的。他竟瞒着了同住的几个同事，到娼家去进出起来了。

从学校里搬出来之后，约有一礼拜的光景。他恨省长不能速行解决闹事的学生，所以那一天晚上吃晚饭的时候就多喝了几杯酒。这兴奋剂一下喉，他的兽性又起起作用来，就独自一个走上一位带有家眷的他的同事家里去。那一位同事本来是质夫在Ａ地短时日中所得的最好的朋友。质夫上他家去，本来是有一种漠然的预感和希望怀着，坐谈了一会，他竟把他的本性显露了出来，那同事便用了英文对他说：

"你既然这样的无聊，我就带你上班子里逛去。"

穿过了几条街巷，从一条狭而又黑的巷口走进去的时候，质夫的胸前又跳跃起来，因为他虽在日本经过这种生活，但是在他的故国，却从没有进过这些地方。走到门前有一处卖香烟橘子的小铺和一排人力车停着的一家墙门口，他的同事便跑了进去。他在门口仰起头来一看，门楣上有一块白漆的马口铁写着"鹿和班"的三个红字，挂在那里，他迟了一步，也跟着他的同事进去了。

坐在门里两旁的几个奇形怪状的男人，看见了他的同事和他，便站了起来，放大了喉咙叫着说：

"引路！荷珠姑娘房里。吴老爷来了！"

他的同事吴风世不慌不忙的招呼他进了一间二丈来宽的房里坐下之后，便用了英文问他说：

"你要怎么样的姑娘？你且把条件讲给我听，我好替你介绍。"

质夫在一张红木椅上坐定后，便也用了英文对吴风世说：

"这是你情人的房么？陈设得好精致，你究竟是一位有福的嫖客。"

"你把条件讲给我听吧,我好替你介绍。"

"我的条件讲出来你不要笑。"

"你且讲来吧。"

"我有三个条件,第一要她是不好看的,第二要年纪大一点,第三要客少。"

"你倒是一个老嫖客。"

讲到这里,吴风世的姑娘进房来了。她头上梳着辫子,皮色不白,但是有一种婉转的风味。穿的是一件虾青大花的缎子夹衫,一条玄色素缎的短脚裤。一进房就对吴风世说:

"说什么鬼话,我们懂的呀!"

"这一位于老爷是外国来的,他是外国人,不懂中国话。"

质夫站起来对荷珠说:

"假的假的,吴老爷说的是谎,你想我若不懂中国话,怎还要上这里来呢?"

荷珠笑着说:

"你究竟是不是中国人?"

"你难道还在疑信么?"

"你是中国人,你何以要穿外国衣服?"

"我因为没有钱做中国衣服。"

"做外国衣服难道不要钱的么?"

吴风世听了一忽,就叫荷珠说:

"荷珠,你给于老爷荐举一个姑娘吧。"

"于老爷喜欢怎么样的?碧玉好不好?春红?香云?海棠?"

吴风世听了海棠两字,就对质夫说:

"海棠好不好?"

质夫回答说:

"我又不曾见过,怎么知道好不好呢?海棠与我提出的条件合不合?"

风世便大笑说:

"条件悉合,就是海棠吧。"

荷珠对她的假母说:

"去请海棠姑娘过来。"

假母去了一忽回来说:

"海棠姑娘在那里看戏,打发人去叫去了。"

从戏院到那鹿和班来回总有三十分钟,这三十分钟中间,质夫觉得好像是被悬挂在空中的样子,正不知如何的消遣才好。他讲了些闲话,一个人觉得无聊,不知不觉,就把两只手抱起膝来。吴风世看了他这样子,就马上用了英文警告他说:

"不行不行,抱膝的事,在班子里是大忌的。因为这是闲空的象征。"

质夫听了,觉得好笑,便也用了英文问他说:

"另外还有什么礼节没有?请你全对我说了吧,免得她们姑娘笑我。"

正说到这里,门帘开了,走进了一个年约二十二三,身材矮小的姑娘来。她的青灰色的额角广得很,但是又低得很,头发也不厚,所以一眼看来,觉得她的容貌同动物学上的原始猴类一样。一双鲁钝挂下的眼睛,和一张比较长狭的嘴,一见就可以知道她的性格是忠厚的。她穿的是一件明蓝花缎的夹袄,上面罩着一件雪色大花缎子的背心,底下是一条雪灰的牡丹花缎的短脚裤。她一进来,荷珠就替她介绍说:

"对你的是这一位于老爷,他是新从外国回来的。"

质夫心里想,这一位大约就是海棠了。她的面貌却正合我的三个条件,但是她何以会这样一点儿娇态都没有。海棠听了荷珠的话,也不做声,只呆呆的对质夫看了一眼。荷珠问她今天晚上的戏好不好,她就显出了一副认真的样子,说今晚上的戏不好,但是新上台的《小放牛》却好得很,可惜只看了半出,没有看完。质夫听了她那慢慢的无娇态的话,心里觉得奇怪得很,以为她不像妓院里的姑

娘。吴风世等她讲完了话之后,就叫她说:

"海棠!到你房里去吧。这一位于老爷是外国人,你可要待他格外客气才行。"

质夫、风世和荷珠三人都跟了海棠到她房里去。质夫一进海棠的房,就看见一个四十上下的女人,鼻上起了几条皱纹,笑嘻嘻地迎了出来。她的青青的面色,和角上有些吊起的一双眼睛,薄薄的淡白的嘴唇,都使质夫感着一种可怕可恶的印象,她待质夫也很殷勤,但是质夫总觉得她是一个恶人。

在海棠房里坐了一个多钟头,讲了些无边无际的话,质夫和风世都出来了。一出那条狭巷,就是大街,那时候街上的店铺都已闭门,四围静寂得很,质夫忽然想起了英文的"dead city"两个字来,他就幽幽的对风世说:

"风世!我已经成了一个 living corpse 了。"

走到十字路口,质夫就和风世分了手。他们两个各听见各人的脚步声渐渐儿的低了下去,不多一忽,这入人心脾的足音,也被黑暗的夜气吞没下去了。

1922年2月

怀乡病者

一

当日光与夜阴接触的时候,在茫茫的荒野中间,头向着了混沌宽广的天空,一步一步地走去,既不知道他自家是什么,又不知道他应该做什么,也不知道他是向什么地方去的,只觉得他的两脚不得不一步一步的放出去——这就是于质夫目下的心理状态。

在半醒半睡的意识里,他只朦朦胧胧的知道世界从此就要黑暗下去了,这荒野的干燥的土地就要渐渐的变成带水的沼泽了,他的两脚的行动,就要一刻一刻的不自由起来了,但是他也没有改变方向的意思,还是头朝着了幽暗的天空,一步一步地走去——

质夫知道他若把精神振作一下,放一声求救的呼声,或者也还可以从这目下的状态里逃出来,但是他既无这样的毅力,也无这样的心愿。

若仔细一点来讲一个譬喻,他的状态就是在一条面上好像静止的江水里浮着的一只小小的孤船。那孤船上也没有舵工,也没有风帆,尽是缓缓的随了江水面下的潮流在那里浮动的样子。

若再进一步来讲一句现在流行的话,他目下的心理状态,就同奥勃洛目夫的麻木状态一样。

在这样的消沉状态中的于质夫朝着了窗,看看白云来往的残春的碧落,听听樱花小片无风飞坠的微声,觉得眼面前起了一层纱障,他的膝上,忽而积了两点水滴。他站起来想伸出手去把书架上的书拿一本出来翻阅,却又停住了。好像在做梦似的呆呆地不知坐了多久,他却听得隔壁的挂钟,铛铛地响了五下。举起头来一看,他才知道他自家仍旧是呆呆的坐在他寄寓的这间小楼上。

且慢且慢,那挂钟的确是响了五下么?或者是不错的,因为太阳已经沉在西面植物园的树枝下了。

二

在一天清和首夏的晚上,那钱塘江上的小县城,同欧洲中世纪各封建诸侯的城堡一样,带着了银灰的白色,躺在流霜似的月华影里。涌了半弓明月,浮着万迭银波,不声不响,在浓淡相间的两岸山中,往东流去的,是东汉逸民垂钓的地方。披了一层薄雾,半含半吐,好像华清池里试浴的宫人,在烟月中间浮动的,是宋季遗民痛哭的台榭。被这些前朝的遗迹包围住的这小县城的西北区里,有一对十四五岁的青年男女,沿了城河上石砌的长堤,慢慢的在柳荫底下闲步。大约已经是二更天气了,城里的人家都已沉在酣睡的中间,只有一条幽暗的古城,默默的好像在那里听他俩的月下的痴谈。

那少年颊上浮起了两道红晕,呼吸里带着些薄酒的微醺,好像是在什么地方买了醉来的样子。女孩的腮边,虽则有一点桃红的血气,然而因为她那妩媚的长眉,和那高尖的鼻梁的缘故,终觉得有一层凄冷的阴影,投在她那同大理石似的脸上。他们两人默默无言地静了一会,就好像是水里的双鱼,慢慢的在清莹透彻的月光里游泳。

这是质夫少年梦里的生涯,计算起来已经是十年前的事情了。她后来嫁了他的一位同学,质夫四年前回国的时候,在一个清静的秋天的午后,于故乡的市上,只看见了她一次,只看见了她的一个怀孕的侧身。

三

阴历九月二十午前三点钟,东方未白的时候,质夫身体一边发抖,一边在一盏乌灰灰的洋灯光影里,从被窝里起来穿他那半新不旧的棉袍。院子里有几窸窣窸窣的落叶声传来,大约是棵海棠树在那里凋谢了。他的寝室后的厨房里有一个旗人的厨子和厨子的侄儿——便是他哥哥家里的车夫——一声两声在那里谈话。在这深夜的静寂里,他觉得他们的话声很大,但是他却听不出什么话来。质夫出到院子里来一看,觉得这北方故都里的残夜的月明,也带着些亡国的哀调。因为这幽暗的天空里悬着的那下弦的半月,光线好像在空中冻住了。他吃了一碗炒饭,拿了笔墨,轻轻地开了门,坐了哥哥的车走出胡同口儿的时候,觉得只有他一个人此刻还醒着,开了眼浮在王城的人海中间。在冷灰似的街灯里穿过了几条街巷,走上玉圆桥的时候,忽有几声哀寂的喇叭声,同梦中醒来的小孩的哭声似的,传到他的两只冰冷的耳朵里来。他朝转头来看看西南角上那同一块冰似的月亮,又仰起头来,看看那发喇叭声的城墙里的灯光,觉得一味惨伤的情怀,同冰水似地泼满了他的全身。

与一群摇头摆尾的先生进了东华门,在太和殿外的石砌明堂里候点名的时候,质夫又仰起头来看了一眼将明未明的青天,不知是什么缘故,他心里好像受了千万委屈的样子,摇了一摇头,叹了一口气,忽然打了几个冷痉,质夫恨不得马上把手里提着的笔墨丢了,跑上外国去研究制造炸弹去。

这是数年前质夫在北京考留学生考试时候的景象。头场考完之后,新闻上忽报了一件奇事说"留学生何必考呢?""这一次应该考取的人,在未考之先早由部里指定了,可怜那些外省来考的人,还在那里梦做洋翰林洋学士呢!"

这又是几年前头的一幕悲喜剧的回忆。

四

质夫在楼上,糊糊涂涂断定了隔壁的挂钟,确是敲过五点之后,就慢慢地走下楼来,因为他的寓舍里是定在五点开晚饭的。

红花的小碗里盛了半碗饭,他觉得好像要吃不完的样子,但是恰好一口气就吃下去了。吃完了这半碗饭,他也不想再添,所以就上楼去拿了一顶黄黑的软帽走出门外去。

门外是往植物园去的要路,顺了这一条路走下了斜坡,往右手一转便是植物园的正门。他走到植物园正门的一段路上,遇着了许多青年的男女,穿了花绿的衣裳,拖了柔白肥胖的脚,好像是游倦了似的,想趁着天还未黑的时候走回家去。这些青年男女的容貌,不识究竟是美是丑?若他在半年前头遇着她们,是一定要看个仔细的,但是今天他却头也不愿意抬起来。他只记得路上有一个十七八岁的女学生,好像对她同伴说:

"我真不喜欢他!"

走来走去走了一阵,质夫觉得有些倦了。这岛国的首都的夜景,觉得也有些萧条起来了。仰起头来看看两面的街灯,都是不能进去休息的地方,他不得已就仍旧寻了最近的路走回寓舍来。走到植物园门口的时候,有一块用红绿色写成的招牌,忽然从一盏一百支的电灯光里,射进了他的眼帘。拖了一双走倦了的脚,他就慢慢地走上了这家中国酒馆的楼。楼上一个客人也没有,叫定了一盘菜一壶酒,他就把两只手垫了头在桌上睡了几分钟。酒菜拿来之后,他仰起头来一看,才知道站在他面前的是一个十六七岁的中国女孩。一个圆形的面貌,眉目也还清秀。他问她是什么地方,她说:

"娥是上海。"

她一边替质夫斟酒,一边好像在那里讲什么话的样子。质夫口里好像在那里应答她,但是心里脑里却全不觉得。她讲完了话不再讲的时候,质夫反而被这无言的沉默惊了一下,所以就随便问她说:

"你喝酒么?"

她含了微笑,对质夫点了一点头,质夫就把他手里的酒杯给了她。质夫一杯一杯的不知替她斟了几杯酒,她忽然把杯子向桌上一丢,跳进了他的怀里,用了两手紧紧地抱住了质夫的颈项,她那小嘴尽咬上他的脸来。

"娥热得厉害,热得厉害。娥想回自家屋里去。"

她一边这样地说,一边把她上下的衣裳在那里解。质夫呆呆地看了几分钟,忽觉得他的右颊与她的左颊的中间有一条冰冷的眼泪流下来了。到这时候他才知道她是醉了。他默默的替她把上下的衣裳扣好,把她安置在他坐的椅上之后,就走下楼来付帐。走出这家菜馆的时候,他忽然想了一想:

"这女孩不晓究竟怎么的。"

在沉浊的夜气中间走了几步,他就把她忘记了;菜馆他也忘记了,今天的散步,他也忘记了,他连自家的身体都忘记了。他一个人只在黑暗中向前的慢慢走去,时间与空间的观念,世界上一切的存在,在他的脑里是完全消失了。

1922年4月初二日午前五时作于东京之酒楼

空　虚[*]

"我近来的心理状态，正不晓得怎么才写得出来。有野心的人，他的眼前，常有着种种伟大的幻象，一步一步跟了这些幻象走去，就是他的生活。对将来抱希望的人，他的头上有一颗明星，在那里引路，他虽在黑暗的沙漠中行走，但是他的心里终有一个犹太人的主存在，所以他的生活，终于是有意义的。在过去的追忆中活着的人，过去的可惊可喜的情景，都环绕在他的左右，所以他虽觉得这现在的人生是寂寞得很，但是他的生活，却也安闲自在。天天在那里做梦的人，他的对美的饥渴，就可以用梦里的浓情来填塞，他是

---

[*] 本篇于一九二二年《创造》（季刊）第一卷第二期上发表时，题为《风铃》。一九三五年收入《达夫短篇小说集》时，改题为《空虚》。

在天使的翼上过日子的人,还不至感得这人生的空虚。我是从小没有野心的,如今到了人生的中道,对将来的希望,不消说是没有了。我的过去的半生是一篇败残的历史,回想起来,只有眼泪与悲叹,几年前头,我还有一片享受这悲痛的余情,还有些自欺自慰的梦想,到今朝非但享受这种苦中乐(sweet bitterness)的心思没有了,便是愚人的最后的一件武器——开了眼睛做梦——也被残虐的运命夺去了。啊啊,年轻的维特呀,我佩服你的勇敢,我佩服你的有果断的柔心!"

质夫提起笔来,对着了他那红木边的小玻璃窗,写了这几行字,就不再写下去了。窗外是一个小小的花园,园里栽着几株梧桐树和桂花树,树下的花坛上,正开着些西洋草花。梅雨晴时的太阳光线,洒在这嫩绿的丛叶上,反射出一层鲜艳的光彩来,大约蝉鸣的节季,来也不远了。

园里树荫下有几只半大的公鸡母鸡,咯咯的在被雨冲松的园地里觅食,若没有这几只鸡的悠闲的喉音,这一座午后的庭园,怕将静寂得与格离姆童话里的被魔术封禁的城池无异了。

质夫搁下了笔,呆呆的对窗外看了好久,便同梦游病者似地立了起来。在房里走了几圈,他忽觉得同时存在在这世界上的人类,与他亲热起来了。

他在一个月前头,染了不眠症,食欲不进,身体一天一天的消瘦下去。无论上什么地方去,他总觉得有一个人跟在他的后面,在那里催促他的样子。他以为东京市内的空气不好,所以使他变成神经衰弱的,因此他就到这东中野的旷野里,租了一间小屋子搬了过来。这小屋子的四面,都是荒田蔓草。他那小屋子只有两间平屋。一间是朝南的长方的读书室。南面有一口小窗,窗外便是那小小的花园。一间是朝门的二丈宽的客室。客室的西面,便附着一个三尺长二尺宽的煮饭的地方。出了门,沿了一条沟水,朝北的走不上五十步路,便是一条乡间的大道。这大道的东面,靠着一条绿草丛生的矮小山岭,在这小山上有几家红顶的小别庄,藏在忍冬茑萝的绿叶堆中。他无聊的时候,每拿了一枝粗大的樱杖,回绕了这座小山,在纵横错落的野道上试他的闲步。

当初搬来的时候,他觉得这同修道院似的生活,正合他的心境。过了几天,他觉得流散在他周围的同坟墓中一样的沉默有些难耐起来了,所以他就去请了一位六十余岁的老婆婆来和他同住。这老婆婆也没有男人,也没有亲戚,本来是在质夫的朋友家里帮忙的,他的朋友于一礼拜前头回中国去了,所以质夫反做了一个人情,把她邀了过来。这老婆婆另外没有嗜好,只喜欢养些家畜在她的左右,自从她和质夫同住之后,质夫的那间小屋子里便多出了一只小白花猫和几只雌雄鸡来;质夫因为孤独得难堪,所以对这老婆婆的这一点少年心,也并不反对。有时质夫从他那书室的小玻璃窗里探头出去,看看那在花荫贪午睡的小家畜,倒反觉得他那小屋的周围,增加了一段和平的景象。

质夫同梦游病者似的在书室里走了几圈,忽然觉得世界的人类与他亲热起来了。换了一套洋服,他就出了门缓缓地走上东中野郊外电车的车站上去。

他坐了郊外电车,一直到离最热闹的市街不远的有乐町才下车。在太阳光底下,灰土很深的杂闹的街上走来走去走了一会,他觉得热起来了。进了一家冰激凌兼水果店的一层楼上坐下的时候,他呆呆的朝窗外的热闹的市街看了一忽。他觉得这乱杂的热闹,人和人的纠葛、繁华、堕落、男女、物品和其他的一切东西,都与他完全没有关系的样子。吃了一杯冰激凌,一杯红茶,他便叫侍女过来付钱。他把钞票交给那侍女的时候,看见了那侍女的五个红嫩的手指。一时的联想,就把他带到五年前头的一场悲剧中间去。

也是六月间黄梅雨后的时节,他那时候还在 N 市高等学校里念书。放暑假后,他的同学都回中国去了。他因为神经衰弱,不能耐长途的跋涉,所以便一个人到离 N 市不远的汤山温泉去过暑假。在深山里的这温泉场,暑中只有几个 N 市附近的富家的病弱儿女去避暑的。他那一天在梅雨晴后的烈日底下，沿了乱石巉岩的一条清溪，从硅石和泥沙结成的那条清洁的上山路，走到那温泉场的一家旅馆红叶馆的时候，已经是午后五点多钟了，洗了澡，吃了晚饭，喝了几杯啤酒，他日里的疲倦就使他睡着了。不知道睡了几个钟头，他那同沉在海底里似的酣睡，忽被一阵开纸壁门的声响所惊觉。他睁开了两只黑盈盈的眼睛，朝着纸壁门开响的地方一看，只见一个十六七岁的少女，消瘦长方的脸上，装着一脸惊恐的形容，披散了漆黑的头发，长长的立在半开的纸壁门槛上。浮满在室内的苍黄的电灯光和她那披散的黑发，更映出了她的面色的苍白。她的一双瞳仁黑得很，大得很的眼睛，张着了在那里注视质夫。她的灰白的嘴唇，全无血色，微微的颤动着，好像急得有话说不出来的样子。窗外的雷雨声，山间老树的咆哮声，门窗楼屋的震动声，充满了室中，质夫觉得好像在大海中遇着了暴风，船被打破了的样子。

深山的夜半，一个人在客里，猛然醒来，遇见了这一场情景，质夫当然大吃了一惊。质夫与那少女呆呆地注视了一忽，那少女便走近质夫的床来，发了颤声，对质夫说：

"……对对不起……对不……起得很，……在这……这半夜里来惊醒你。……可……可是今天我的运气不好，偏偏母亲回去了的今夜，就发起这样大的风雨来。……我怕得很呀，我怕得很呀，是对不起得很……但是我请你今夜放我在这里过一夜，这样大的雷雨，我无论如何也不敢一个人住在间壁那样大的房里的。"

她讲完了这几句话，好像精神已经镇静起来了。脸上的惊恐的形容，去了一半，嫩白的颊上，忽然起了两个红晕。大约因为质夫呆呆的太看得出神了，所以她的眼角上，露了一点害羞的样子，把她那同米粉做成似的纤嫩的颈项，稍微动了一动，头也低下去了。当时只有二十一岁的质夫，同这样妙龄的少女还没有接触过，急得他额上胀出了一条青筋，格格的讲不出一句回话来。听她讲完了话，质夫才硬的开了口请她不要客气，请她不要在席上跪着，请她快到蓝绸的被上坐下。半吞半吐的说这些话的时候，质夫因为怕羞不过，想做出一番动作来，把他那怕羞的不自然的样子混过去，所以他一边说，一边就从被里站了起来，跑上屋子的角上去拿了几个坐垫来摆在他的床边上。质夫俯了首，在坐垫上坐下的时候，那少女却早在质夫的被上坐好了。她看质夫坐定后，又连接着对质夫说：

"我们家住在N市内。我因为染了神经衰弱症，所以学校里的暑假考也没有考，到此地来养病已经有一个多月了。我的母亲本来陪我在这里的，今天因为她想回家去看看家里的情形，才于午后下山去的。你在路上有没有遇着？"

质夫听了她的话，才想起了他白天火车站上遇着的那一个很优美的中年妇人。

"是不是一位三十五六岁的妇人？身上穿着紫色绉绸的衣服，外面罩着玄色的纱外套的？"

"是的是的，那一定是母亲了。你在什么地方看见她的？"

"我在车站上遇着的。我下车的时候，她刚到车站上。"

"那么你是坐一点二十分的车来的么？"

"是的！"

"你是 N 市么？"

"不是。"

"东京么？"

"不是。"

"学堂呢？"

质夫听她问他故乡的时候，脸上忽然红了一阵，因为中国人在日本是同犹太人在欧洲一样，到处都被日本人所轻视的；及听到她问他学校的时候，心里却感得了几分骄气，便带了笑容指着衣架上挂着的有两条白线的帽子说：

"你看那就是我的制帽。"

"哦，你原来也是在第 X 高等的么？我有一位表哥你认识不认识？他姓 N，是去年在英法科毕业的。今年进了东京的帝国大学，怕不久就要回来呢！"

"我不认识他，因为我是德法科。"

窗外疾风雷雨的狂吼声，竟被他们两人的幽幽的话声压了下去。可是他们的话声一断，窗外的雨打风吹的响声也马上会传到他们的耳膜上来。但是奇怪得很，他们两人那样依依对坐在那里的中间，就觉得楼屋的震动，和老树的摇撼全没有一点可怕的地方。质夫听听她那柔和的话声，看看她那可爱的相貌，心里只怕雷雨就晴了。和她讲了四五十分钟的话，质夫竟好像同她自幼相识的样子。两人讲到天将亮的时候。雷雨晴了，闲话也讲完了。那少女好像已经感到了疲倦，竟把身子伏倒在质夫的被上，嘶嘶地睡着了。她睡着之后，质夫的精神愈加亢奋起来，他只怕惊醒了她的好梦，所以身体不敢动一动，但是他心里真想伸出手来到她那柔软的腰部前后去摸她一摸。她那伏倒的颈项后面的曲线，质夫在心里完全的把它描写了出来。

"从这面下去是肩峰，除去了手的曲线，向前便是胸部，唉唉，这胸部的曲线，这胸部的曲线，下去便是腹部腰部，……"

眼看着了那少女的粉嫩洁白的颈项，耳听着了她的微微的鼾声，他脑里却在那里替她解开衣服来。他想到了她的腹部腰部的时候，他的气息也屏住吐不出来了。一个有血液流着带些微温的香味的大理石的处女裸像,现在伏在他的面前。质夫心里想哭又哭不出来,想啊啊的叫又叫不出来,他的脸色涨得同夹竹桃一样的红。他实在按捺不住了,便把右手轻轻的到她头发上去摸了一摸。她的鼾声忽然停止了,质夫骤觉得眼睛转了一转黑,好像从高山顶上,一脚被跌在深坑里去的样子。她果然举起头来,开了半只朦胧的睡眼,微微的笑着对质夫说:

"你还醒着么?怎么不睡一下呢,我正好睡呀!对不起我要放肆了。"

含含糊糊的说了几句话,她索性把身体横倒,睡着在质夫的被上。质夫看看她腰部和臀部的曲线,愈觉得眼睛里要喷出火来的样子,没有方法,他也只能在她的背后睡下。原来她是背朝了质夫打侧睡的,质夫睡下的时候,本想两头分睡,后来因为怕自家的脚要踢上她的头去,所以只能和她并头睡倒。他先是背朝背的,但是质夫的心里,因为不能看见她的身体,正同火里的毛虫一样,苦闷得难堪。他在心里思恼得好久,终究轻轻的把身子翻了过来,将他的面朝着了她的背。翻转了身子,他又觉得苦闷得难堪。不知不觉轻轻地一点一点的他又把身子挨了过去。到了他自家的腹部离她的突出的后部只有两寸余的时候,他觉得怎么也不能再挨近前去了,不得已他只得把眼睛闭拢。但是一阵阵从她的肉体里发散出来的香气,正同刀剑一般，直割到他的心里去。他眼睛闭了之后，倒反觉得她精赤裸裸的睡在他的面前。他的苦闷到了极点了，唉的长叹了一声，放大了胆他就把身子翻了转来，与她又成了个背朝背的局面。他因为样子不好看，就把腰曲了一曲，把两只腿缩拢了。

同上刑具被拷问似的苦了好久，到天亮之后，质夫才朦胧的睡着。他正要睡去的时候，那少女醒了。她翻过身来，坐起了半身，对质夫说：

"对不起得很，吵闹了你一夜。天也明了，雷雨也晴了，我不怕什么了，我要回到间壁自家的房里去睡去。"

质夫被她惊醒，昏昏沉沉的听了这几句话，便连接着说：

"你说什么话，有什么对不起呢？"

等她走到隔壁自家房里之后，质夫完全醒了。朝了她的纸壁看了一眼，质夫就马上将身体横伏在刚才她睡过的地方。质夫把两手放到身底下去作了一个紧抱的形状，他的四体却感着一种被上留着的她的余温。闭了口用鼻子深深的在被上把她的香气闻吸了一回，他觉得他的肢体都酥软起来了。

……

质夫醒来，已经是午前十点钟的光景，昨宵的暴风雨，不留半点痕迹，映在格子窗上的日光，好像在那里对他说：

"今天天气好得很,你该起来了。"

质夫起床开了格子窗一望,觉得四山的绿叶,清新得非常。从绿叶丛中透露出来的青天,也同秋天的苍空一样,使人对之能得着一种强健的感觉。含了牙刷,质夫就上温泉池去洗浴去。出了格子窗门,在回廊上走过隔壁的格子门的时候,质夫的末梢神经,感觉得她还睡在那里。刷了牙,洗了面,浸在温泉水里,他从玻璃窗口看看户外的青天,觉得身心爽快得非常,昨晚上的苦闷,正同噩梦一样,想起来倒引起了自家的微笑。他正在那里追想的时候,忽然听见一种娇脆的喉音说:

"你今天好么!昨天可对你不起了,闹了你一夜。"

质夫仰转头来一看,只见她那纤细的肉体,丝缕不挂,只两手捏了一块手巾,盖在那里;她那形体,同昨天他脑里描写过的竟无半点的出入。他看了一眼,涨红了脸,好像犯了什么罪似的,就马上朝转了头,一面对她说:

"你也醒了么?你今天觉得疲倦不疲倦?"

她一步一步的浸入了温泉水里,走近他的身边来,他想不看她,但是怎么也不能不看。他同饿狼见了肥羊一样,饱看了一阵她的腰部以上的曲线,渐渐的他觉得他的下部起起作用来了。在温泉里浸了许久,她总不走出水来,质夫等得急起来,就想平心静气的想想另外的事情，好教他的身体得复平时的状态，但是在这禁果的前头他的政策终不见效。不得已他直等得她回房间去之后，才走出水来。

吃完了朝中兼带的饭，质夫走上隔壁的她的房里去，他们讲讲闲话，不知不觉的天就黑了，平时他每嫌太阳的迟迟不落，今天却只觉得落得太早。

第二天质夫又同她玩了一天，同在梦里一样，他只觉得时间过去得太快。

第三天的早晨，质夫醒来的时候，忽听见隔壁她房里，有男人的声音在那里问她说：

"你近来看不看小说？"（男音）

"我近来懒得很，什么也不看。"（她）

"姨母说你太喜欢看小说，这一次来是她托我来劝止你的！"

"啊啦，什么话，我本来是不十分看小说的。"

质夫尖着了两耳听了一忽，心里想这男人定是她的表哥。他一想到了自家的孤独的身世，和她的表哥对比对比，不觉滴了两颗伤感的眼泪。不晓什么原因，他心里觉得这一回的恋爱事情已经终结了。

一个人在被里想了许多悲愤的情节，哭了一阵。自嘲自骂的笑了一阵，质夫又睡着了。

这一天又忽而下起雨来了，质夫在被里看看外面，觉得天气同他的心境一样，也带着了灰色。他一直睡到十二点钟才起来，洗了面，刷了牙，回到房里的时候，那少女同一个二十七八岁的很时髦的大学生也走进了他的房里。质夫本来是不善交际的，又加心里怀着鬼胎，并且那大学生的品貌学校年龄，都在他之上，他又不得不感着一种劣败的悲哀，所以见她和那大学生进来的时候，质夫急得几乎要出眼泪，分外恭恭敬敬的逊让了一番，讲了许多和心里的思想成两极端的客气话，质夫才觉得胸前稍微安闲了些。那少女替他们介绍之后，质夫方知道这真是她的表兄N。质夫偷眼看看那少女的面色，觉得今天她的容貌格外的好像觉得快乐。三人讲了些闲话，那少女和那大学生就同时的立了起来，告辞出去了。质夫心里恨得很，但是你若问他恨谁，他又说不出来。他只想把他周围的门窗桌椅完全敲得粉碎，才能泄他这气愤。旅馆的侍女拿饭来的时候，他命她拿了许多酒来饮了。中饭毕后，在房里坐了一忽，他觉得想睡的样子，在席上睡下之后，他听见那少女又把纸壁门一开，进他的房来。质夫因为恨不过，所以不朝转身来向她说话。她一步一步的走近了他的身边，在席上坐下，用了一只柔软的手搭上他的腰，含了媚意，问他说：

"你在这里恨我么？"

质夫听了她这话,才把身子朝过来,对她一看,只见她的表哥同她并坐在那里。质夫气愤极了,就拿了席上放着的一把刀砍过去。一刀砍去,正碰着她的手臂,刹的一声,她的一只纤手竟被他砍落,鲜血淋漓的躺在席上。他拼命地叫了一声,隔壁的那纸壁门开了,在五寸宽的狭缝里,露出了一张红白的那少女的面庞来,她笑微微地问说:

"你见了噩梦了么?"

质夫擦擦眼睛,看看她那带着笑容的红白的脸色,怎么也不信刚才见的是一场噩梦。质夫再注意看了她一眼,觉得她的脸色分外的鲜艳,颊上的两颗血色,是平时所没有的,所以就问说:

"你喝了酒了么?"

"啊啦,什么话,我是从来不喝酒的。"

"你表哥呢?"

"他还在浴池里,我比他先出来一步,刚回到房里,就听见你大声地叫了一声。"

质夫又擦了一擦眼睛,注意到她那垂下的一双纤手上去。左右看了一忽,觉得她的两只手都还在那里,他才相信刚才见的是一场噩梦。

这一天下午三点钟的时候,质夫冒了微雨,拿了一个小小的藤篸，走下山来赶末班火车回 N 市去，那少女和她的表哥还送了他一里多路。质夫一个人在汤山温泉口外的火车站上火车的时候，还是呆呆的对着了汤山的高峰在那里出神；那火车站的月台板，若用分析化学的方法来分析起来，怕还有几滴他的眼泪中的盐分含在那里呢。

质夫拿钞票付给冰店里那侍女的时候，见了她的五个嫩红的手指，一霎时他就把五年前在温泉场遇见的那少女的纤手联想了出来。当他进这店的时候，质夫并没注意到这店里有什么人。他只晓得命店里的人拿了一杯冰激凌来；吃完了冰激凌，就又命拿一杯冰浸的红茶来，既不知道他的冰激凌和红茶是谁拿来的，也不知道这店里有几个侍女。及到看见了那侍女的手指之后，他才晓得刚才的物事是她拿来的。仰起头来向那侍女的面貌一看，质夫觉得面熟得很，她也嫣然对质夫笑了一脸问说：

"你不认识我了么？"

她的容貌虽不甚美，但在平常的妇女中间却系罕有的。一双眼睛常带着媚人的微笑，鹅蛋形的面庞，细白的皮肤。血色也好得很，质夫只觉得面熟，一时却想不出在什么地方见过的。她见质夫尽在那里疑惑，便对他说：

"你难道忘了么？Café sans souci 里的事情，你难道还会忘记不成？"

被她这样的一说，质夫才想了起来。Café sans souci 是开在大学附近的一家咖啡店，他那时候，正在放浪的时候，所以时常去进出的。这侍女便是一二年前那咖啡店的当垆少妇。质夫点了一点头，微微的笑了一脸，把五元的一张钞票交给了她。她拿找头来的时候，质夫正拿出一枝纸烟来吸，她就马上把桌上的洋火点了给他上火。质夫道了一声谢，便把找头塞在她手里，慢慢的下楼走了。又在街上走了一忽，拿出表来一看，还不甚迟，他便走到丸善书店去看新到的书去；许多新到的英德法国的书籍，在往时他定要倾囊购买的，但是他看了许多时候，终究没有一本书能引起他的兴味。他看看 Harold Nicolson 著的 *Verlaine*，看看 Gourmont 的论文集《颓废派论》，也觉得都无趣味。正想回出来的时候，他在右手的书架角上，却见了一本黄色纸面的 *Dreams Book*，*Fortune Teller*，他想回家的时候，电车上没有书看，所以就买定了这本书。在街上走了一忽，他想去看看久不见面的一位同学，等市内电车到他跟前的时候，他又不愿去了，所以就走向新桥的郊外电车的车站上来。买了一张东中野的乘车券回到了家里，太阳已经将下山去了。

又是几天无聊的日子过去了。质夫这次从家里拿来的三百余元钱，将快完了。

他今年三月在东京帝国大学的经济学部，得了比较还好的成绩卒了业，马上就回国了一次。那时候他的意气还没有同现在一样的消沉。他以为有了学问，总能糊口，所以他到上海的时候，还并不觉得前途有什么悲观的地方。

阳历四月初的时候，正是阳春日暖的节季，他在上海的同大海似的复杂的社会里游泳了几日，觉得上海的男男女女，穿的戴的都要比他高强数倍。当他回国的时候，他想中国人在帝国大学卒业的人并不多，所以他这一次回来，社会上占的位置定是不小的。及到上海住了几天之后，他才觉得自家是同一粒泥沙，混在金刚石库里的样子。中国的社会不但不知道学问是什么，简直把学校里出身的人看得同野马尘埃一般的小。他看看这些情形又好气又好笑，想马上仍旧回到日本来，但回想了一下。

"我终究是中国人，在日本总不能过一生的，既回来了，我且暂时寻一点事情干吧。"

他在上海有四五个朋友，都是在东京的时候或同过学或共过旅馆的挚友。一位姓M的是质夫初进高等学校时候的同住者，当质夫在那里看几何化学，预备高等学校功课的时候，M却早进了某大学的三年级。M因为不要自家去考的，所以日本话也不学，每天尽是去看电影，吃大菜。有一天晚上M吃得酒醉醺醺回来，质夫还在那里念 tangent, cotangent, sine, coine，M嘴里含了一枝雪茄烟，对质夫说：

"质夫，你何苦，我今天快活极了。我在岳阳楼（东京的中国菜馆）里吃晚饭的时候，遇着了一位中国公使馆员。我替他付了菜饭钱，他就邀我到日本桥妓女家去逛了一次。唉，痛快痛快，我平生从没有这样欢乐的日子过。"

M话没有说完，就歪倒在席上睡了；从此之后，M便每天跑上公使馆去，有的时候到晚上十二点钟前后，他竟有坐汽车回来的日子。M说公使待他怎么好怎么好，他请公使和他的姨太太上什么地方去看戏吃饭。像这样的话，M日日来说的。

一年之后质夫转进了N市的高等学校，M却早回了国。有一天质夫在上海报上看见M的名氏，说他做了某洋行的经理。M在上海是大出风头的一个阔人了。质夫因为M是他的旧友，所以到上海住了两三天之后，去访问了一次。第一次去的时候，是午前十一点钟前后，门房回复他说：

"还没有起来。"

第二天午后质夫又去访问了一次，门房拿名片进去，质夫等了许多时候，那门房出来说：

"老爷出去了，请你有话就对我说。"

质夫把眼睛张了一张，把嘴唇咬了一口，吞了几口气，就对门房说：

"我另外没有别的事情。"

质夫更有两个朋友是在 C. P. 书馆里当编辑的，本来是他的老同学。到上海之后，质夫也照例去访问了一次。这两位同学，因为多念了几年书，好像在社会上也没有十分大势力，还各自穿着一件藤青的哔叽洋服，脸上带着了一道绝望的微笑，温温和和的在 C. P. 书馆编辑所的会客室里接待他。质夫讲了几句无关紧要的话，就告辞了。到了晚上五点钟的时候，他的两位同学到旅馆里来看质夫，就同质夫到旅馆附近的一家北京菜馆去吃晚饭。他们两个让质夫点菜，质夫因为不晓得什么菜好，所以执意不点。他们两个就定了一个和菜，半斤黄酒。质夫问他们什么叫做和菜。他们笑着说：

"和菜你都不晓得么？"

质夫还有一位朋友，是他在 N 高等学校时代同住过的 N 市医专的选科生。这一位朋友在 N 市的时候，是以吸纸烟贪睡出名的，他的房里都是黑而又短的吸残的纸烟头，每日睡在被窝里吸吸纸烟，唱几句不合板的"小东人"便是他的日课。他在四五年前回国之后，质夫看见报上天天只登他的广告。这一次质夫回到上海，问问旅馆里的茶房，茶房都争着说：

"这一位先生,上海有什么人不晓得呢!他是某人的女婿,现在他的生意好得很呀!"

质夫因为已经访问过 M,同 M 的门房见过二次面,所以就不再去访问他这位朋友了。

质夫在上海旅馆里住了一个多月,吃了几次和菜,看了几回新世界大世界里的戏,花钱倒也花得不少。他看看在中国终究是没有什么事情可干了,所以就跑回家去托他母亲向各处去借了三百元钱,仍复回到日本来作闲住的寓公。

质夫回到日本的时候,正是夹衣换单衣的五月初旬。在杂闹不洁的神田的旅馆里住了半个月,他的每年夏天要发的神经衰弱症又萌芽起来了。不眠,食欲不进,白日里觉得昏昏欲睡,疏懒,易怒,这些病状一时的都发作了。他以为神田的空气不好,所以就搬上了东中野的旷野里去住。他搬上东中野之后,只觉得一天一天的消沉了下去。平时他对于田园清景,是非常爱惜的,每当日出日没的时候,他也着实对了大自然流过几次清泪,但是现在这自然的佳景,亦不能打动他的心了。

有一天六月下旬的午后,早晨下了一阵微雨,所以午后太阳出来的时候,觉得清快得很。他呆呆的在书斋里坐了一忽,因七月七快到了,所以就拿了一本《天河传说》(*The Romance of the Milky*

Way）出来看，翻了几页，他又觉得懒看下去；正坐得不耐烦的时候，门口忽然来了一位来访的客人。他出去一看，却是他久不见的一位同学。这位同学本来做过一任陆军次长，他的出来留学，也是有文章在里面的。质夫请他上来坐下之后，他便对质夫说：

"我想于后天动身回国，现在 L 氏新任总统，统一问题也有些希望，正是局面展开的时候，我接了许多北京的同事的信，促我回去，所以我想回国去走一次。"

质夫听了他同学的话，心里想说：

"南北统一，废督裁兵，正是很有希望的时候；但是这些名目，难道是真的为中国的将来计算的人作出来的么？不是的，不是的，他们不过想利用了这些名目，来借几亿外债，大家分分而已。统一，裁兵，废督，名目是好得很呀！但外债借到，大家分好之后，你试看还有什么人来提起这些事情。再过几年，必又有一班人出来再提倡几个更好的名目，来设法借一次外债的。革命，共和，过去了；制宪，地方自治也被用旧了。现在只能用统一，裁兵，废督，来欺骗国民，借几个外债。你看将来必又有人出来用了无政府主义的名目来立名谋利呢。聪明的中国人呀，你们想的那些好名目，大约总有一国人来实行的。我劝你们还不如老老实实的说'要名！要利！预备做奴隶'的好呀！"

质夫心里虽是这样的想,口里却不说一句话;想了一阵之后,他又觉得自家的这无聊的爱国心没有什么意思,便含了微笑,轻轻的问他的同学说:

"那么你坐几点钟的车上神户去?"

"大约是坐后天午后三点五十分的车。"

讲了许多闲话,他的朋友去了。质夫便拿了樱杖,又上各处野道上去走了一回。吃了晚饭,汲了一桶井水,把身体洗了一洗,质夫就服了两服催眠粉药入睡了。

六月二十八日的午后,倒也是一天晴天。质夫吃了午饭,从他的东中野的小屋里出来上东京中央驿去送他的同学回国。他到东京驿的时候已经是二点五十分了。他的同学脸上出了一层油汗,尽是匆匆的在那里料理行李并和来送的人行礼。来送的人中间质夫认识的人很多。也有几位穿白衣服戴草帽的女学生立在月台上和他的同学讲话。质夫因为怕他的应接不暇,所以同他点了一点头之后,就一个人清跼跼的站开了。来送的人中,有一位姓W的大学生,也是质夫最要好的朋友。W看见质夫远远的站在那里,小嘴上带了一痕微笑,他便慢慢地走近了质夫的身边来。W把眼睛闭了几次,轻轻的问质夫说:

"质夫,两年前你拼死的崇拜过的那位女英雄,听说今天也在这里送行,是哪一个?"

质夫听了只露了一脸微笑,便慢慢地回答说:

"在这里么?我看见的时候指给你看就对了。"

两年前头,质夫的殉情热意正涨到最高度的时候,在爱情上蹉跌了几次。有一天正是懊恼伤心,苦得不能生存的时候,偶然在同乡会席上遇见了一位他的同乡K女士。当时K女士正是十六岁。脸上带有一种纯洁的处女的娇美。并且因为她穿的是女子医学专门学校的黑色制服,所以质夫一见,便联想到文艺复兴时代的圣画上去。质夫自从那一天见她之后,便同中了催眠术的人一般,到夜半风雪凛冽的时候,每一个人喝醉了酒,走上她的学校的附近去探望。后来他知道她不住在那学校的寄宿舍里,便天天跑上她住的地方附近去守候。那时候质夫寄住在上野不忍池边的他的朋友家里。从质夫寓处走上她住的地方,坐郊外电车,足足要三十几分钟。质夫不怨辛苦,不怕风霜雨雪,只管天天的跑上她住的地方去徘徊顾望。事不凑巧,质夫守候了两个多月,终没有遇着她一次;并且又因为恶性感冒流行的缘故,有一天晚上他从那地方回来,路上冒了些风寒,竟病了一个多月。后来因为学校的考试和种种另外的关系,质夫就把她忘记了。质夫病倒在医院里的时候,他的这一段癞蛤蟆想吃天鹅肉的故事,竟传遍了东京的留学生界。从那时候起直到现在,质夫从没有见过她一面。前两月质夫在中国的时候，听说她在故乡湖畔遇见了一个歹人，淘了许多气。到如今有两个多月了，质夫并不知道她在中国呢或在东京。

质夫远远的站着，用了批评的态度在那里看那些将离和送别的人。听见发车的铃响了，质夫就慢慢地走上他同学的车窗边上去。在送行的人丛里，他无意中竟看见了一位戴金丝平光眼镜的中国女子。质夫看了一眼，便想起刚才他同学W对他说的话来。

"原来就是她么？长得多了。大得多了。面色也好像黑了些。穿在那里的白色中国服也还漂亮，但是那文艺复兴式的处女美却不见了。"

这样的静静儿的想了一遍，质夫听见他的朋友从车窗里伸出头来向他话别：

"质夫，你也早一点回中国去吧，我一到北京就写信来给你，……"

火车开后，质夫认识的那些送行的人，男男女女，还在那里对了车上的他的同学挥帽子手帕，质夫一个人却早慢慢地走了。

东中野质夫的小屋里又是几天无聊的夏日过去了。那天午后他接到了一封北京来的他同学的信，说：

"你的位置已经为你说定了，此信一到，马上就请你回到北京来。"

质夫看了一遍，心里只是淡淡的。想写回信，却是难以措辞。以目下的心境而论，他却不想回中国去，但又不能辜负他同学的好意。质夫拿了一枝纸烟吸了几口，对了桌上的镜子看了一忽，就想去洗澡去。洗了澡回来，喝了一杯啤酒，他就在书斋的席上睡着了。

　　又过了几天，质夫呆呆的在书斋里睡了一日。吃完了晚饭出去散步回来，已经九点钟了。他把抽斗抽开来想拿催眠药服了就寝，却又看见了几日前到的他同学的信。他直到今朝，还没有写回信给他同学。搁下了催眠药，他就把信笺拿出来想作回信。把信笺包一打开来，半个月前头他写的一张小说不像小说，信不像信的东西还在那里。他从第一句"我近来的心理状态，正不晓得怎么才写得出来……"看起，静静的看了一遍，看到了末句的："……啊啊年轻的维特呀，我佩服你的勇敢，我佩服你的有果断的柔心。"他的嘴角上却露了一痕冷笑。静静的想了一想，他又不愿意写信了。把催眠药服下，灭去了电灯，他就躺上他的褥上去就睡，不多一忽，微微的鼾声，便从这灰黑的书室里传了出来。书斋的外面，便是东中野的旷野，一幅夏夜的野景横在星光微明的天盖下，大约秋风也快吹到这岛国里来了。

1922年7月改作

青　烟

　　寂静的夏夜的空气里闲坐着的我，脑中不知有多少愁思，在这里汹涌。看看这同绿水似的由蓝纱罩里透出来的电灯光，听听窗外从静安寺路上传过来的同倦了似的汽车鸣声，我觉得自家又回到了青年忧郁病时代去的样子，我的比女人还不值钱的眼泪，又映在我的颊上了。

　　抬头起来，我便能见得那催人老去的日历，时间一天一天的过去了，但是我的事业，我的境遇，我的将来，啊啊，吃尽了千辛万苦，自家以为已有些物事被我把握住了，但是放开紧紧捏住的拳头来一看，我手里只有一溜青烟！

　　世俗所说的"成功"，于我原似浮云。无聊的时候偶尔写下来的几篇概念式的小说，虽则受人攻击，我心里倒也没有什么难过，物质上的困迫,只教我自家能咬紧牙齿,忍耐一下,也没有些微关系,但是自从我生出之后,直到如今二十余年的中间,我自家播的种,栽的花,哪里有一枝是鲜艳的?哪里一枝曾经结过果来?啊啊,若说人的生活可以涂抹了改作的时候,我的第二次的生涯,决不愿意把它弄得同过去的二十年间的生活一样的!我从小若学作木匠,到今日至少也已有一二间房屋造成了。无聊的时候,跑到这所我亲手造的房屋边上去看看,我的寂寥,一定能够轻减。我从小若学作裁缝,不消说现在定能把轻罗绣缎剪开来缝成好好的衫子了。无聊的时候,把我自家剪裁,自家缝纫的纤丽的衫裙,打开来一看,我的郁闷,也定能消杀下去。但是无一艺之长的我,从前还自家骗自家,老把古今中外文人所作成的杰作拿出来自慰,现在梦醒之后,看了这些名家的作品,只是愧耐,所以目下连饮鸩也不能止我的渴了,叫我还有什么法子来填补这胸中的空虚呢?

有几个在有钱的人翼下寄生着的新闻记者说:

"你们的忧郁,全是做作,全是无病呻吟,是丑态!"

我只求能够真真的如他们所说,使我的忧郁是假作的,那么就是被他们骂得再厉害一点,或者竟把我所有的几本旧书和几块不知从何处来的每日买面包的钱,给了他们,也是愿意的。

有几个为前面那样的新闻记者作奴仆的人说:

"你们在发牢骚,你们因为没有人来使用你们,在发牢骚!"

我只求我所发的是牢骚,那么我就是连现在正打算点火吸的这枝 Felucca,给了他们都可以,因为发牢骚的人,总有一点自负,但是现在觉得自家的精神肉体,萎靡得同风的影子一样的我,还有一点什么可以自负呢?

有几个比较了解我性格的朋友说:

"你们所感得的是 Toska,是现在中国人人都感得的。"

但是我若有这样的 Myriad mind,我早成了 Shakespeare 了。

我的弟兄说:

"唉,可怜的你,正生在这个时候,正生在中国闹得这样的时候,难怪你每天只是郁郁的;跑上北又弄不好,跑上南又弄不好,你的忧郁是应该的,你早生十年也好,迟生十年也好……"

我无论在什么时候——就假使我正抱了一个肥白的裸体妇女,在酣饮的时候罢——听到这一句话,就会痛哭起来,但是你若再问一声,"你的忧郁的根源是在此了么?"我定要张大了泪眼,对你摇几摇头说:"不是,不是。"国家亡了有什么?亡国诗人 Sienkiewicz,不是轰轰烈烈的做了一世人么?流寓在租界上的我的同胞不是个个都很安闲的么?国家亡了有什么?外国人来管理我们,不是更好么?陆剑南的"王师北定中原日,家祭无忘告乃翁"的两句好诗,不是因国亡了才做得出来的么？少年的血气干萎无遗的目下的我，那里还有同从前那么的爱国热忱，我已经不是Chauvinist了。

窗外汽车声音渐渐的稀少下去了，苍茫六合的中间我只听见我的笔尖在纸上划字的声音。探头到窗外去一看，我只看见一弯黝黑的夏夜天空，淡映着几颗残星。我搁下了笔，在我这同火柴箱一样的房间里走了几步，只觉得一味凄凉寂寞的感觉，浸透了我的全身，我也不知道这忧郁究竟是从什么地方来的。

虽是刚过了端午节，但像这样暑热的深夜里，睡也睡不着的。我还是把电灯灭黑了，看窗外的景色吧！

窗外的空间只有错杂的屋脊和尖顶，受了几处瓦斯灯的远光，绝似电影的楼台，把它们的轮廓画在微茫的夜气里。四处都寂静了，我却听见微风吹动窗叶的声音，好像是大自然在那里幽幽叹气的样子。

远处又有汽车的喇叭声响了，这大约是西洋资本家的男女，从淫乐的裸体跳舞场回家去的凯歌吧。啊啊，年纪要轻，颜容要美，更要有钱。

我从窗口回到了座位里，把电灯扭开对镜子看了几分钟，觉得这清瘦的容貌，终究不是食肉之相。在这样无可奈何的时候，还是吸吸烟，倒可以把自家的思想统一起来，我擦了一枝火柴，把一枝

Felucca 点上了。深深的吸了一口。我仍复把这口烟完全吐上了电灯的绿纱罩子。绿纱罩的周围，同夏天的深山雨后似的，起了一层淡紫的云雾。呆呆的对这层云雾凝视着，我的身子好像是缩小了投乘在这淡紫的云雾中间。这层轻淡的云雾，一飘一扬的荡了开去，我的身体便化而为二，一个缩小的身子在这层雾里飘荡，一个原身仍坐在电灯的绿光下远远的守望着那青烟里的我。

A Phantom

已经是薄暮的时候了。

天空的周围，承受着落日的余晖，四边有一圈银红的彩带，向天心一步步变成了明蓝的颜色，八分满的明月，悠悠淡淡地挂在东半边的空中。几刻钟过去了，本来是淡白的月亮放起光来。月光下流着一条曲折的大江，江的两岸有郁茂的树林，空旷的沙渚。夹在树林沙渚中间，各自离开一里二里，更有几处疏疏密密的村落。村落的外边环抱着一群层叠的青山。当江流曲处，山冈亦折作弓形，白水的弓弦和青山的弓背中间，聚居了几百家人家，便是 F 县县治所在之地。与透明的清水相似的月光，平均的洒遍了这县城，江流，青山，树林和离县城一二里路的村落。黄昏的影子，各处都可以看得出来了。平时非常寂静的这 F 县城里，今晚上却带着些跃动的生气，家家的灯火点得比平时格外的辉煌，街上来往的行人也比平时格外的嘈杂，今晚的月亮，几乎要被小巧的人工比得羞涩起来了。这一天是旧历的五月初十，正是 F 县城里每年演戏行元帅会的日子。

一个年纪大约四十的清瘦的男子，当这黄昏时候，拖了一双走倦了的足慢慢地进了 F 县城的东门，踏着自家的影子，一步一步的夹在长街上行人中间向西地走来，他的青黄的脸上露着一副惶恐的形容，额上眼下已经有几条皱纹了。嘴边上乱生在那里的一丛芜杂的短胡和身上穿着的一件龌龊的半旧竹布大衫，证明他是一个落魄的人。他的背脊屈向前面，一双同死鱼似的眼睛，尽在向前面和左旁右旁偷看。好像是怕人认识他的样子，也好像是在那里寻知己的人的样子。他今天早晨从 H 省城动身，一直走了九十里路，这时候才走到他二十年不见的故乡 F 城里。

他慢慢地走到了南城街的中心，停住了足向左右看了一看，就从一条被月光照得灰白的巷里走了进去。街上虽则热闹，但这条狭巷里仍是冷冷清清。向南的转了一个弯，走到一家大墙门的前头，他迟疑了一会，便走过去了。走过了两三步，他又回了转来。向门里偷眼一看，他看见正厅中间桌上有一盏洋灯点在那里。明亮的洋灯光射到上首壁上，照出一张钟馗图和几副蜡笺的字对来。此外厅上空空寂寂，没有人影。他在门口走来走去地走了几遍，眼睛里放出了两道晶润的黑光，好像是要哭哭不出来的样子。最后他走转来过这墙门口的时候，里面却走出了一个与他年纪相仿的女人来。因为她走在他与洋灯的中间，所以他只看见她的蓬蓬的头发，映在洋灯的光线里。他急忙走过了三五步，就站住了。那女人走出了墙门，走上和他相反的方向去。他仍复走转来，追到了那女人的背后。那女人听见了他的脚步声忽儿把头朝了转来。他在灰白的月光里对她一看就好像触了电似的呆住了。那女人朝转来对他微微看了一眼，仍复向前的走去。他就赶上一步，轻轻地问那女人说：

"嫂嫂这一家是姓于的人家么？"

那女人听了这句问语，就停住了脚，回答他说：

"嗳！从前是姓于的，现在卖给了陆家了。"

在月光下他虽辨不清她穿的衣服如何，但她脸上的表情是很憔悴，她的话声是很凄楚的，他的问语又轻了一段，带起颤声来了。

"那么于家搬上那里去了呢？"

"大爷在北京，二爷在天津。"

"他们的老太太呢？"

"婆婆去年故了。"

"你是于家的嫂嫂么?"

"嗳!我是三房里的。"

"那么于家就是你一个人住在这里么?"

"我的男人,出去了二十多年,不知道在什么地方,所以我也不能上北京去,也不能上天津去,现在在这里帮陆家烧饭。"

"噢噢!"

"你问于家干什么?"

"噢噢!谢谢……"

他最后的一句话讲得很幽,并且还没有讲完,就往后地跑了。那女人在月光里呆看了一会他的背影,眼见得他的影子一步一步的小了下去,同时又远远的听见了一声他的暗泣的声音,她的脸上也滚了两行眼泪出来。

月亮将要下山去了。

江边上除了几声懒懒的犬吠声外,没有半点生物的动静,隔江岸上,有几家人家,和几处树林,静静的躺在同霜华似的月光里。树林外更有一抹青山,如梦如烟的浮在那里。此时F城的南门江边上,人家已经睡尽了。江边一带的房屋,都披了残月,倒影在流动的江波里。虽是首夏的晚上,但到了这深夜,江上也有些微寒意。

停了一会有一群从剧场里回来的人，破了静寂，走过这南门的江上。一个人朝着江面说：

"好冷呀，我的毛发都竦竖起来了，不要有溺死鬼在这里讨替身哩！"

第二个人说：

"溺死鬼不要来寻着我，我家里还有老婆儿子要养的哩！"

第三第四个人都哈哈地笑了起来。这一群人过去了之后，江边上仍复归还到一刻前的寂静状态去了。

月亮已经下山了，江边上的夜气，忽而变成了灰色。天上的星宿，一颗颗放起光来，反映在江心里。这时候南门的江边上又闪出了一个瘦长的人影，慢慢的在离水不过一二尺的水际徘徊。因为这人影的行动很慢，所以它的出现，并不能破坏江边上的静寂的空气。但是几分钟后这人影忽而投入了江心，江波激动了，江边上的沉寂也被破了。江上的星光摇动了一下，好像似天空掉下来的样子。江波一圆一圆的阔大开来，映在江波里的星光也随而一摇一摇的动了几动。人身入水的声音和江上静夜里生出来的反响与江波的圆圈消灭的时候，灰色的江上仍复有死灭的寂静支配着，去天明的时候，正还远哩！

Epilogue

　　我呆呆的对着了电灯的绿光,一枝一枝把我今晚刚买的这一包烟卷差不多吸完了。远远的鸡鸣声和不知从何处来的汽笛声,断断续续的传到我的耳膜上来,我的脑筋就联想到天明上去。

　　可不是么?你看!那窗外的屋瓦,不是一行一行的看得清楚了么?

　　啊啊,这明蓝的天色!

　　是黎明期了!

　　啊呀,但是我又在窗下听见了许多洗便桶的声音。这是一种象征,这是一种象征。我们中国的所谓黎明者,便是秽浊的手势戏的开场呀!

1923 年旧历 5 月 10 日午前四时

十一月初三

一

自己因为和自己的女人同居的期间很短,所以每遇到心境有什么变更波动的时节,第一个想起来的,总离不了她。想到人家的女人的时候,虽然也有,但是这大抵是以酒阑兴动,或睡余梦足时为限,到了悲怀难遣,寂寞得同棺材里的朽钉似的时候,第一个想起来的,总还是自家的女人,还是我的那个不能爱而又不得不爱的她。

今天也是这样的呀!这样的天气,这样的大风天气,又况在这一个时候,这一个黄昏时候,若是我的女人在我的边上,那么我所爱吃的几碗菜,和我所爱喝的那一种酒,一定会不太冷也不太热的摆在我的面前;而她自家一定是因为晓得我不喜欢和她见面的原因,要躲往厨下去;一边她若知道我的烟又快完了,那么必要暗暗里托我所信用的年老的女底下人去买一罐我所爱吸的烟来,不声不响地搁在我的手头……啊啊!这些琐碎的事情,描写起来,就是写一千张原稿纸也写不完,即使写完了,对于现在的我,又有什么补益?……我不说了,不愿意再说了,总之现在我是四海一身,落落寞寞,同枯燥的电杆一样,光泽泽的在寒风灰土里冷颤。眼泪也没有,悲叹也没有,称心的事业,知己的朋友,一点儿也没有,没有没有没有……什么也没有,所有的就是一个空洞的心!同寒灰似的一个心!

这样枯寂的我,依理应该完全化成一块化石,兀兀的塞死一切情感,然而有时又会和常人一样,和几年前的我一样,变得非常的感伤。

二

在眼睛开闭了几次的中间,时光又匆匆地跑了速步。晚秋寥落的风情,又不知在什么时候,换了个风雪盈途的残年急景。我今天早晨,独睡在寒冷的棉花被里,看看窗外的朝阳,听听狭巷里车轮碾冰冻泥路的声音,忽而想起了"今夕是何年","我与岁月,现在是怎么一个关系"等事情来。不晓是"幸"呢还是"不幸"?向床前的那个月份牌一看,我忽发见了今天是阴历的十一月初三。二十八年前的昨天,像我这样的一个不生羽翼的两脚动物,的确是不存在在这苦恼的世上的;而当时的这世间又的确比现在还要安泰快乐得多,究竟是"幸"呢还是"不幸"?我忽想起了今天是我的诞生日子!

一只癞蛤蟆的诞生,不过是会说几句话的一只猫狗的诞生,在世界历史上更不要提起,就是在自家的家谱上,能不能登载上去,也是说不定的一个小人物的诞生,究竟值得些什么?所以在过去的二十八年中间,没有知识的时候,不用说了,就是有知识以后,我在我自家的诞生日里,从来也没有发生过什么感想。那么今天何以会注意到自家的生日上去的呢?这却是有原因的。

半个月前头,N埠的一个小学教员A君,寄了一篇小说来给我,这篇小说的名称,叫做《生日》。里边所描写的是一位二十一岁的多情多感的青年,当他诞生之日,他胸里的一腔郁闷,只觉得无处可泄。又遇着这一天学校内全体放假,他既没有女友,同事中又没有和他谈话解闷的人。满怀了寂寞,他只好向街头去瞎走。无心中遇见了一位卖花的少女,他自家欺慰自家,就想和这位少女谈几句知心的密话,而这位少女又哪里能够了解他,所以他只好闷闷的回来。

我躺在床上,看了日历,想起了这篇小说,同时又记起了十一月初三的我的生日,不消说这时候我的心里,比那小说的主人公还要郁闷,还要无聊。

三

大约现在的一班百无聊赖,年纪和我不相上下的中年人,都应该有这一种脾气:一天到晚,四六时中,总是自家内省的时候多,外展的时候少,自家责备自家的时候多,模仿那些伟人杰士的行为的时候少。愈是内省,愈觉得自家的无聊,愈是愤怒,而其结果,性格愈变得古怪,愈想干那种隐遁的生涯。我的这一种内省病,和烟酒的嗜好一样,只是一天一天的深沉起来,近来弄得连咳嗽一声,都怕被人家知道,就是路上叫洋车的时候,也声气放得很幽。

今天早晨,千不该万不该,总不该把那张日历来看一眼的,因为自从我记起我自家的生日以后,本来心上常常垂在那里的一块铅锤,忽而加了千百斤的重量。起床之后,漱完了口,吃完了早饭,本来不得不马上就去学校上课的,然而心地像这样灰暗的时候,就是上讲堂去讲也讲不出什么来,所以只好打电话去请了假。

枯坐在家里,更是无聊,打完电话,就跑出去想找一个地方好好儿的去快乐快乐。然而心灵的眼睛上,已经戴上了黄灰色的眼镜的我,看出去世界上哪里还有一块不是黄灰色的呢?

出了前门,在大街上跑来跑去地跑了两遍,看见的除了许多戴皮帽大刀的军人以外,嗡嗡来往的都是些同我一样,毫无目的的两脚走兽。有一排在棺材前头吹打的行列。于烦忙短促的这午前一两个钟头里,在汽车马车如龙如水的中间,竟同棺材一样的慢慢儿在那儿蠢动。这一种奇特的现象,一时吸引了我的三分注意,然而停住了脚一看,也觉得平淡无味,不得已我就进了一家酒馆。

不晓在什么地方听见过的一位俄国的革命家说,我们若想得着生命的安定,于皈依宗教,实行革命,痛饮酒精的三件事情中,总得拣一件干干。头上的两件,我都已没有能力去干了,那么第三件对我最为适宜。并且忧闷不深的时候,我也常常用过这个手段,觉得很有效验,不过今天是不行了,怎么也不行了,我接连喝了几壶白酒,却一点儿也不醉。

四

十二点钟打后,出了酒馆,依旧是闷闷的寻往戏园中去。大街上狭巷里的车铃声叫唤声和不能归类的杂遝的哄号声,扑面的迎来。听说这一次战争时,死了的人数总在五六万人以上,为这战争的原因，虽不上战场上去，牵连而死的人，也有几千，而这前门外的一廊，太阳光的底下，凉风灰土的中间，熙来攘往的黄色人还是这样的多。尤其是惹人注意的，是许多许多戴皮帽着灰色黄色制服的兵士。我在大街旁的步道上，擦了一擦眼睛，被车马人群推来攘去的越过了中街，便往东的寻上一家新开的戏园里去。

买定了一个座儿，向我的周围及二层三层楼一望，紧挤着的男女，五颜六色的绸缎皮毛，一时使我辨不出哪一块是人的肉哪一块是衣服的材料来。"啊啊！"我不知不觉的心里想了一下，"中国人还是有钱的，富的人还是不少，大约内乱总还可以继续几年。"

铜锣大鼓的雷鸣，胡琴弦子的谐调，清脆高亮的肉声和周围的一种欢乐场中特有的醉人的空气，平时对我非常有催眠魔力的这戏园里的一切，今天也不行了，我的感受性完全消退了。

喝了一壶茶。听了几句青衣独唱的高音，我觉得自家的身体渐渐的和周围远隔了开来。又向四周环视了一遍，我索性自管自的沉入我的空想里去了：

"啊啊！这里不少的中年的男女，这些人若说他们个个都是快乐的，我也不敢相信。其中大约也有和我一样的人在那里。他们唯其在人生的里头找不到安慰，所以才到这里来的呀！脸上的笑容，强装的媚态，哪里是真真的心的表白？若以外貌来论，那么有谁识得破我是人类中最不幸最孤独的一个?若讲到衣服呢,那么我的这件棉袍,也不能显示我的经济拮据的状态。我且慢慢的找吧!在这热闹场中找出一个和我一样的人来吧!……"

喳罩的一响,把我的沉思的连续打断了。向台上一望,看见一个绿脸红须的人在那里乱跳乱舞。因为前后的情节接不上,看戏的兴趣较前更没有了,我就问看座的人要了帽子围脖,慢慢地走出场来。

"嗳,今天是我的生日,一天已有大半天过去了,有使我快乐的可能的地方,我总算都已去过,到了此刻,我胸中抱着的仍是一个空洞的心,灰土似的一个心!……噢,还有什么可以去的地方没有?……"

俯了头想到此地,我已走近了门口。嗡嗡的一声,刹刹喀单的一响,我正要走下台阶来的时候,门前一辆黑漆的汽车里,走下了一个人来。我先看见了一双狭长穿蓝绣花缎鞋的女脚,把头抬高了一点,我又看见了一件金团花锦丝缎淡红色的幔都——斗篷?一口钟?女外套?——若再把头抬高几分,马上就可以看出一个粉白的脸子来,但心里忽而想了一想:

"噢呵,又来了一只零卖的活猪。"

我仍复把头低下去,绕过汽车的后面,慢慢地走出了巷来。

五

太阳打斜了，空中浮罩着一层黄色的霞盖，老住北京的人，知道这是大风袭来的预兆。我若有兴致，袋里的钱却也够我在胡同里一宵的花费。但是这一种欢乐的魔醉力，能不能敌得过我现在的懒性，却是一个问题。走到正阳桥上，雇好了洋车，跑回家来的路上，我对于今天的一日，颇有依依不舍的神情，仿佛一回到家里，就什么事情也完了似的。

独坐在洋车上，向来往的人丛里往北的奔跑，我的旧习的那一种反省病，又自悼自伤的发起来了：

"若把这世界当作个舞台，那么这些来往的行人，都是假装的优孟，而这个半死半生的我，也少不得是一个登场的傀儡。若以所演的角色而论，那么自家的确是一个小丑的身份。为陪衬青衣花旦，使她们的美妙的衣裳，粉白的脸子，与我相形之下，愈可见得出美来的小丑。为增加人家的美处而存在的小丑，啊啊！我的不遇，我的丑陋，正是人家的幸运，人家的美妙呀！你这前生注定的小丑的身份哟，我想诅咒你，然而诅咒你，就是诅咒我自己呀！"

"我这个漂流不定的身子，若以物件来比拟，那么我想再比中心点失掉了的半把剪刀相像的物件是没有了，是的，中间的那一个莲花瓣没有的半把剪刀。这半把剪刀，物件虽是物件，然而因为中心点已经失掉，用处是完全没有的。啊啊！若有一个人能告诉我说：'你的其他的半把剪刀是在某处，你的中心点是在某地。'那么我就是赴汤蹈火，也愿意去寻着它们来，和它们结合在一处，但是这中心点，这半把剪刀，大约是已经作了殉葬之物，已经不存在在这世上了吧！何以我寻了这许多年数，会一点儿消息也没有的呢？"

"等一等，不对不对，这半把剪子的譬喻，有点不妥，我好像是想讲爱情的样子，难道我长到了这样的年纪，还能同五六年前一样'失恋呀！''无恋呀！''想恋呀！'的乱叫么？不能的，不能的，自家是老了，不中用了，而……"

喀单膨的一响，洋车经过了一块高低不平的地方，我的身子竟从车座子里跳起来跳得有一尺多高。

"啊啊！可怜身病轻如叶，扶上金鞍马不知，老了，衰弱了，消瘦了。就是以我这一个身体而论，也不配讲什么恋爱，算了吧，还是再回到前门胡同里去闹它一晚吧，谁保得风尘中就找不出一个知己来？谁敢说以金钱买来的不是恋爱？"

想到此地，我想叫车夫仍复拉我回前门去，索性去花一晚的钱。

"喂！"我说，"你是哪儿的车呀？"

"我是平则门里儿的车。"

"你再拉我回去,拉我回前门去!"

"先生!我可不能拉。这是人家的车,四点钟要缴车的,拉你回前门,可来不及了,先生!"

下车来再叫洋车,却是麻烦不过,所以我也没有方法,只好由他往西北的拉回家来,然而我的心里却很不平的在问:

"今天的一天,就此完了么?这就算把我的生日度过了么?"

六

洋车走近西四牌楼的时候,风沙渐渐的大起来了,太阳的光线,也变起颜色来了。午膳后天上看得出来的那一层黄尘霞障,大约就此要发生应验了吧。但是由它刮风也好,下雨也好,我仍复这样的抱了一个闷闷的心,跑回家去,是不甘心的,我还是出平则门去吧,上红茅沟去探探那个姑娘的消息看吧!

七

去年秋天,我在上海想以文艺立身的计划失败之后,不得已承受了几位同学的好意,勉强的逃到北京来。这正是杨槐榆树,一天天的洒脱落叶,垂杨野草,一天天的萎黄下去的十月中旬。那时候我于败退之余,托身远地,又逢了凋落的节季,苍茫四顾,一点儿希望也没有,一点儿生趣也没有。每天从学校里教书回来,若不生病,脚能跑路的时候,不跑上几位先辈的家里去闲谈,就跑出城外的山野去乱撞乱走。当时的我的心境,实在是太杂乱了,太悲凉了,所以一天到晚,我一刻也静不下来。并且又因为长期失眠,和在上海时的无节制的生活的结果,弄得感情非常脆弱,一受触拨,就会同女人似的盈盈落泪。记得有一次当一天晚来欲雪的日暮,我在介绍我到北京来的C君家里吃晚饭,听了C夫人用着上海口音讲给我听的几句慰安我的话的时候,我竟呜呜地哭了起来。

那时候我的寸心的荒废,实在是没有言语可以形容,正在那个时候,是到北京没有满一月的时候,有一天我因为苦闷的结果,一晚没有睡觉。如年的长夜,我守着时钟滴答的摆动,看见窗外一层一层的明亮起来了,几声很轻很轻的鸟鹊声响了。我不等家里的底下人起来,就悄悄地开了门,跑上大街上去。路上一片浓霜如雪,到处都有一层薄冰冻着。呼一口气,面前就凝着一道白雾,两只耳朵和鼻尖好像是被许多细针在那里乱刺。平则门大街上,只铺着一道淡而无力的初阳,两旁的店铺,都还没有开门,来往的行人车马,一个也没有。老远老远,有一个人在那里行走,然而他究竟是向这一边来的呢或是往那一边去的?却看不出来。我因为昨夜来的苦闷,还盘踞在胸中,所以想出城去,在没有人听见看见的地方,去号泣一场,因此顺脚就向西地走向了平则门外。城外的几家店铺,也还没有起来,冰冻的大道上,我只遇见了几乘独轮的车。从城外的国道上折向南去,走不多远,我就发见我自家已经置身在高低不平的黄沙田里。田的前后,散播着一堆堆的荒冢。坟地沙田的中间,有几处也有数丛叶子脱落的树干,在那里承受朝阳。地上的浓霜,一粒一粒反射着阳光,也有发放异样的光彩的。几棵椿树,叶子还没有脱尽的,时时也在把它们的病叶,吐脱下来。在早晨的寂静中,这几张落叶的微音,听起来好像是大地在叹息。我在这些天然的野景里,背了朝阳,尽向西南的曲径,乱跑乱走。一片青天,弯盖在我头上,好像在那里祝福,也好像在那里讥笑。

我行行前进,忽在我的前面发见了几家很幽雅的白墙瓦屋。参差不齐的这些瓦屋的前后,有许多不识名的林木枯干,横画在空中。这些房屋林木,断岸沙丘,都受着朝阳的烘染,纵横错落的排列在那里,一无不当,好像是出于名画师的手笔。顺道走到了这几家瓦屋的前头,我在我的路旁高岸上,忽而又发现了一个在远处看不出来的井架。在这井架旁立着汲水的,我看见了一个十五六岁的,衣服虽则没有城内的上流妇女那么华丽,却也很整洁时髦的女子。我走到高岸下她身旁的时候,不便抬起头来看她,直到过去了五六步路,方才停住了脚,回头来看了个仔细。啊啊,朝阳里照出来的这时候的她的侧面,马独恩娜,皮阿曲利斯,墨那利赛,我也不晓得叫她什么才好!一双眼睛,一双瞳仁很黑,眼毛很多的眼睛,在那里注视水桶。大约是因为听了我忽而停住了脚步的缘故吧?这一双黑晶晶的大眼,竟回过来向我看了一眼;肉色虽则很细白,然而她这一种细白,并不是同城内的烟花深处的女人一样,毫不带着病的色彩。还有那一条鼻梁哩!大约所谓"希腊式的"几个字,就是指这一类的鼻梁而讲的吧?从远处看去,并不十分的高突,不过不晓怎么的,总觉得是棱棱一角,正配压她那一个略带长方的脸子。我虽没有福分看见她的微笑,然而她那一张嘴,尤其是上下唇的二条很明显的曲线,我想表现得最美的,当在她的微笑的时候。头发是一把往后梳的,背后拖着的是一条辫子。衣服的材料想不起来了,然而大袖短衫的样子,却是很时髦的,颜色的确是淡青色。

我被她迷住了,站住后就走不开了。我看她把一小桶水,从井架旁带回家去。我记得她将进门的时候,又朝转来看了我一眼,而她的脸上好像是带了一点微红。她从门里消失了以后,我在朝阳里呆立了许多时,因为西边来了一个农夫,我就回转脚尖,走到刚才的那个井架旁边，从路旁爬上高岸，将她刚才用过的那只吊桶放下了井去。我向井里一望，头一眼好像是看见她的容貌还反射在井里。再仔细看的时候，我才知道是一圈明蓝的天色。汲起了井水，先漱了口，我就把袋里的手绢拿出来擦脸。虽则是井水，但我也觉得凉得很，等那西来的农夫从高岸下过去了，我就慢慢地走向她的那间屋子的门口去。门里有一堵照墙站着，所以看不见里边的动静。这一所房屋系坐北朝南的，沿了东边的墙往北走去，墙上有两个玻璃窗，可以看得出来。这窗大约是东配房的窗，明净雅致得很。这时候太阳已经升高了一点，我看见我自家的影子，夹了许多疏林的树影，也倒射在墙上。空中忽而起了一阵驯鸽的飞声，我才把我的迷梦解脱，慢慢的从屋后的一条斜低下去的小路，走回到正道上来。这一天我究竟是什么时候回家的，从那里又跑上了什么地方等事情，我现在想不起来了。

八

自从那一天以后，去年冬天竟日日有风沙浅雪，我虽屡次想再出城去找我那个不相识的女子，但终于没有机会做到。

是今年的春初，也是一天云淡风轻的日子，树木刚有一点嫩绿起来,不过叶子还没有长成,看去还是晚秋的景象,我因为有点微事,要去找农科大学里的一位朋友。早晨十点多钟,从平则门口雇驴出去,走不上二十分钟,赶驴的使我离开西行的大道,岔入了一条向西南的小路。这时候太阳已高,我觉得身上的羊皮袍子有点热起来了,所以叫赶驴的牵住驴儿,想下驴来脱去一件衣服。赶驴的向前面指着说:

"前面是红茅沟,我要上那儿的一家人家去一去,你在红茅沟下来换衣服成不成?"

我向他指着的地方一看,看出了一处高墩,数丛树木,和树里的几家人家。再注意一看,我就看出路西墩上,东面的第一家,就是那间白墙的瓦屋,就是那个女孩进去的地方。

"噢,这地方叫红茅沟么?"

"是啊!"

"东面的那一家姓什么?"

"姓宋。"

"干什么的?"

"是庄家,他家里是很有钱的。"

我微笑了,想再问下去,但觉得有点不好意思,所以就默默地骑驴走了过去。在那里下驴之后,我看见宋家门前的空地上,有一只黑狗躺在阳光里。门内门外，也没有什么动静。前面井架旁，有两个农妇在那里汲水谈天。

在农科大学吃了午饭，到前后的野塘小土堆中去玩了一回，大约是三点多钟的时候，我只说想看看野景，故意车也不坐，驴也不骑，一个人慢慢地走回家来。过了钓鱼台以东，野田里有些农夫在那里工作，然而太阳光下所看得出来的，还是黄色的沙田，坟堆和许多参差不齐的枯树与枯树的黑影。

渐渐的走近红茅沟了，我心里忽而跳了起来，从正路上爬上高岸，将过宋家门口的时候，午前看见的那只黑狗，向我迎吠了好几声。我谨谨慎慎的过了门口，又沿东墙往北走过第一个玻璃窗的时候，不知不觉的抬起头来看了一眼。啊啊！这幸福的一瞬间！她果然从窗里也在对外面探看。可是她的眼睛，遇见了我的时候，她那可爱的脸子就电光似的躲藏下去了。啊啊！这幸福的一瞬间！在这夕阳晼晼的日暮，当这春意微萌的时节，又是这四面无人的村野里，居然竟会第二次遇见我这梦里的青花，水中的明月，我想当这时候谁也应该艳羡我的吧！

这一次以后，我为了种种事情，没有再去找她的机会。她并不知道我是何许人，当然也不会来找我。而年光如水，今年的一年又将暮了。

九

风愈刮愈大了,一阵阵的沙石,尽往车上扑来。斜阳的光线,也为这些尘沙所障,带着了惨澹的黄色。我以围脖包住了口鼻,只想车夫拉得快一点,好早一点到平则门,早一点出城,上红茅沟去。好容易到了平则门,城洞里的洋车驴马一只也没有。空中呜呜的暴吼声,一阵紧似一阵。沙石的乱飞,行人的稀少,天地的惨黄颜色,在惨黄的颜色里看得出来的模糊隐约的城郭行人,好像是已经到了世界末日的样子。我勉强的出了城门,一面与大风决斗,一面向西前进了几步。走到城濠桥上,我觉得这红茅沟的探访,终究是去不成了,不知不觉,就迎着大风向西狂叫了好几声,嘴里眼里,飞进了许多沙石,而今天自早晨以来,常感着的这一种不可形容的悒郁,好像是因此几声狂叫而减轻了几分。在桥上想进不能进想退不愿退的立了一会,我觉得怎么也不能如此的折回家中。

"勇气要勇气,放出勇气来!"

我又朝转了身子,把围脖重新紧紧的包住口鼻,奋勇的前进了几步。大风的方向转换了,本来是从北偏西的吹的,现在变成了西风,正对我的面上扑掠而来。太阳的余光,也似乎消失尽了,城外的空气，本来是混着黄沙的空气，一步步的变成了黝黑，走过京绥路支线的铁轨的时候，匆促的冬日，竟阴森的晚了。两旁稀落的人家屋里，也有一处两处，已经点上灯的。头上的呜呜的风势，周围的暗暗的尘寰，行人不多的这条市外的长街和我自家的孤单的身体，合成了一块，我好像是在地狱里游行。

背后几辆装货的马车来了，车轮每转一转，地上就发出一种很沉闷的声音来。我听见这样的闷音一次，胸前就震荡一次。等车逼近我的身旁的时候，我好像是躺在地下，在受这些车马的碾磨。

货车过去了，天也完全黑下来了，我又慢慢的逆风行了几百步，觉得风势也忽而小了下去。张开眼睛来一看，黑黝黝的天上，竟有几点明星在那里摇动。我站住了脚，打开口鼻上的围脖，拿手绢出来，将脸上的灰沙和鼻涕擦了一擦，我觉得四周的情形，忽而变了。空中的黄沙，竟不留一点踪影，茫茫的天空中，西南角上，还有指甲痕似的一弯新月，挂在那里。然而大风的余波，还依然存在，一阵一阵，中间有几分钟间隔的冷风，还在吹着。像这样的一阵风起，黑暗里的树叶窸窸窣窣的响一阵，我的面前也有一层白茫茫的灰土起来，但是这些冷风，这些灰土，并不像前几刻钟的那么可怕了。

十

　　走到了九道庙前折入南行的小道，从我的左手的远空中，忽而传了一阵火车的车轮声和汽笛声过来。接着又来了一阵风，树木又震动了一次，又一阵萧萧落叶的声音。这一次风声车轮声过后，大地却完全静默了，周围断绝了活着的物事，高低凹凸的道路上，只剩了我一个人的轻轻的脚步声。暴风过后的沉寂和冬夜黄昏的黑暗，忽而在我的脑里吹进了一种恐怖的念头，两旁的墓田里，好像有人在那里爬出来的样子。我举头一望，南边天际，有几点明星，西南的淡月影里；有许多枯枝，横岔在空间。我鼓励着自家的勇气，硬是一步一步地走向前去。但这时候，我心里实在已经有点后悔了起来。

　　到了红茅沟，从后边的小道走上了高墩，我看见宋家的东墙上的小窗，已经下了木板的窗户，一点儿灯光也看不出来。在窗下凝神站住，我正想偷听屋内动静的时候，一阵犬吠声，忽而迎上了前来，同时有两三只远近的家犬，也在响应狂吠。我在墙下的黑影里，不能久立，只好放大了胆子，一步步走向南面的犬吠声很多的方向，寻上高墩下的正道上去。在正道上徘徊了一回，待犬吠声刹了一点声势,我注意着向宋家门口望去,仍是看不出什么动静来。

这时候月亮已经下山了,天上的繁星,增了光辉,撑出在晴空里的远近的树枝,一束一束的都带起恶意来。尚未歇尽的凉风,又加了势力,吹向我的脸上。我打了几个冷痉,想哭又哭不出来,想跑又跑不了,只得向天呆看了一忽,慢慢的仍复寻了原路,走回寓所。

回到了我这孤冷的寓居,在一枝洋烛光的底下——因为电线已经被风吹断,电灯灭了——一边吸烟,一边写出来的,就是这一篇东西。在这时候,我的落寞的情怀,如何的在想念我的女人,如何的在羡慕一个安稳的家庭生活,又如何的觉着人生的无聊,我想就是世界上想象力最强的人,也揣摸不出来,啊啊,我还要说它干什么!

         1924年的诞生日作于北京

图书在版编目（CIP）数据

郁达夫·自叙小说/郁达夫著；高云编. -- 上海：上海文艺出版社，2018

（新文艺·中国现代文学大师读本）

ISBN 978-7-5321-6796-8

Ⅰ.①郁… Ⅱ.①郁… ②高… Ⅲ.①短篇小说－小说集－中国－现代

Ⅳ.①I246.7

中国版本图书馆CIP数据核字(2018)第205507号

发 行 人：陈　征
责任编辑：方　铁
美术编辑：周志武
封面设计：梁业礼

书　　名：郁达夫·自叙小说
作　　者：郁达夫
编　　者：高云
出　　版：上海世纪出版集团　上海文艺出版社
地　　址：上海绍兴路7号　200020
发　　行：上海文艺出版社发行中心
　　　　　上海市绍兴路50号　200020　www.ewen.co
印　　刷：上海盛通时代印刷有限公司
开　　本：850×1168　1/32
印　　张：6.25
插　　页：2
字　　数：110,000
印　　次：2018年9月第1版　2018年9月第1次印刷
Ｉ Ｓ Ｂ Ｎ：978-7-5321-6796-8/I·5425
定　　价：25.00元
告 读 者：如发现本书有质量问题请与印刷厂质量科联系　T:021-37910000